村上春树 著

在约定的场所

地下2

林少华 译

上海译文出版社

目　录

这里是我入睡时约定的场所
是我醒来时被劫掠的场所

这里是不为任何人知晓的场所
在这里　船和星星的名字
朝着手够不到的地方漂离

山峦再也不是山
太阳再也不是太阳
渐渐地　想不起它们曾是什么

我注视自己
注视自己额头上黑暗的光闪
我曾经完满　曾经年轻

如今觉得那似乎很宝贵
我的语声似乎能抵达你的耳畔
并且　这个场所的风雨可能永不止息

马克·斯特兰德：《一个老人在自己的死中醒来》

“黑匣子”：开启与解读（译序）

林少华

“任何国家的历史或者任何人的历史，都有若干戏剧性分水岭。”2000年前后村上春树在应美国一家杂志之约写的题为《东京地下的黑魔》一文中这样写道：“不管怎样，后世历史学家检索第二次世界大战后的日本历史的时候，一九九五年这一年都有可能成为一个重要的里程碑。那是使得日本这个国家急剧转换航线的年份。话虽这么说，却又并非特定某个人负有转换的责任，而是由奇里克（Giorgio de Chirico）画中出现的那样没有面孔、没有姓名的某个谁也不是的神秘的谁在黑暗的操纵室里静静转动船舵。”村上继续下文：“我在远隔太平洋的马萨诸塞州坎布里奇（Cambridge）迎来了这个不吉之年。波士顿郊外一所大学有个日本文学小班要我教，每年一到春天，我就跑那场美妙的波士顿马拉松，那期间写了一部长篇小说。离开日本来美国东海岸生活已经过去了四年。日历变为一九九五年为时不久，两个黯淡的消息从日本传来。但我那时听得的，并非菲茨杰拉德听到的那种‘遥远而空幻的回声’。那是清晰可闻的不吉利的轰鸣。”

“两个黯淡的消息”分别是什么呢?

一个是一月十七日凌晨五时四十六分突然发生的7.2级强烈地震。当时神户及其周边城镇的居民正在温暖的被窝里呼呼大睡。不料顷刻间天崩地裂，房倒楼塌，高架公路“拧麻花”路面车辆“翻筋斗”，无数血肉之躯被钢筋混凝土压在下面。继而火光冲天，又不知多少人葬身火海，遇难人数超过六千四百人。

另一个是震后不久的三月二十日发生的东京地铁沙林毒气事件——“奥姆真理教”这个偏执性新兴宗教团体派人分五路钻进三条地铁线的五节车厢，在清晨上班高峰时间段用打磨锋利的伞杆尖端扎破装有液化沙林毒气（纳粹在二战期间开发的剧毒瓦斯，萨达姆·侯赛因曾用来镇压库尔德人）的塑料袋，毒气随即挥发，在封闭的车厢和空气流通不畅的地铁站台弥漫开来，十二人因此丧生，超过三千人被送往医院，其中不少留下后遗症甚至终身致残。村上春树认为二者是改变战后日本历史流程或表明其转向的事件。“这两起事件显示我们生存的世界早已不是坚固和安全的了。我们大多相信自己所踏大地是无可摇撼的，或者无需一一相信而视之为‘自明之理’。不料倏然之间，我们的脚下‘液状化’了。我们一直相信日本社会较其他国家安全得多，枪支管制严厉，恶性犯罪发生率低。然而某一天突然有人在东京的心脏部位、在地铁车厢内用毒气大肆杀戮——眼睛看不见的致命凶器劈头盖脸朝上班人群袭来。”（《村上春树全作品 1990—2003③·

“解题”》，讲谈社 2003 年 3 月版）换言之，这是彻头彻尾的两场噩梦。地震天灾噩梦终结了日本抗震技术的神话，沙林人祸噩梦终结了日本社会治安的神话，而且一并终结了日本社会管理机制和民族精神架构的神话。使得一九九五年成了日本战后最没神话的一年——“日本号”巨轮从此转航，由辉煌灿烂一望无际的 GDP 神话海域转而驶入风急浪高噩梦频频的暗礁航道。

无须说，对神话谁都津津乐道，对噩梦谁都想尽快忘掉——实际上就连当事人也很快三缄其口——但村上不同，他很快终结了为期四年半的旅居美国生活，于一九九五年六月返回日本，返回人们力图忘却的噩梦现场。他不再潜入深层意识的“地下室”鼓捣那些神鬼莫测的超现实主义小说，不再醉心于“匿名性”个人生活，不再歪在檐廊里听着爵士乐逗猫玩，而是开动双腿勘察噩梦现场的每一个角落每一道遗痕。翌年他用整整一年时间采访六十二名沙林受害者，于一九九七年三月出版了《地下》(underground)。继而采访作为施害者方面的奥姆真理教的八名信徒（原信徒），以“后地下”（post underground）为题在《文艺春秋》杂志上连载，同年十一月结集出版单行本，这就是您手上作为《地下》续篇的《在约定的场所》。

书名来自开篇前引用的马克·斯特兰德的诗句“The place that was promised”。“这是我入睡时约定的场所，是我醒来时被劫掠的场所”——是的，醒来一看，本应约定好的场所却变成了莫名其妙的场所，约定的天国忽然变成了始料未及的“黑匣子”(black box)。实际上在村上眼里也是“黑匣子”。“在《地下》里边，我是把奥姆真理教那一存在作为日常生活中毫无征兆的突如其来的‘来历不明的威胁 = 黑匣子’来把握的，但现在我想以我的努力在一定程度上把那个黑匣子打开。我觉得，通过将黑匣子里的东西同《地下》那本书推出的透视图加以比较对照——换言之，通过将异质性与同质性进行剖析——很有可能获得更有深度的视角。”村上春树在书的前言中写道，“除此之外，我之所以打算正面对待‘奥姆方面’，也是因为我持续怀有这样一种深切的危机感：尽管发生这么严重的事件，而导致事件发生的根本问题却一个也没解决。日本不存在接收从日本社会这一主体制（main system）滑落之人（尤其年轻人）的有效而正常的次体制（sub system）= 安全网——这一现实在事件之后也全无改变。只要如此重大的本质性缺陷如黑洞一般存在于我们的社会，纵然在此摧毁了奥姆真理教这一集团，结构与之大同小异的吸附体——奥姆性存在——也迟早还要登场，同样事件说不定卷土重来。”

不难看出，村上之所以置力图忘却甚至掩饰奥姆事件的社会主流意识于不顾，决意打开“黑匣子”，是因为他注意到了产生“黑匣子”的体制性因素和社会土壤。这势必导致他对“恶”的追究，甚或对善恶定义的重新审视和判断。而这恰恰与他追求的一个创作主题有关。他在书中“同河合隼雄先生的对话”部分再次表明恶也是其创作的一大主题：“过去我就想在自己的小说中写恶这个东西的形状，但无法顺利聚焦。就恶的一面是可以写的，例如污秽啦暴力啦谎言啦。但如果写恶的整个样子，就没办法把握了。这也是我写《地下》期间始终考虑的事……”即使就奥姆真理教及其制造的沙林事件而言，村上也认为“什么是恶”这一定义是不容易下的。河合隼雄就此接着说道：“即使在那样的意义上，你下次写的作品（小说）想必也是很不一般的。毕竟是在做了这么多工作之后写的。”事实也是如此，无论二〇〇二年的《海边的卡夫卡》还是二〇〇四年的《天黑以后》，都致力于探索以另一种形态出现的恶及与恶相关的暴力，二〇〇九年、二〇一〇年的三卷本《1Q84》显然是村上对这一主题的最新探索和思考的艺术结晶，而其源头无疑是《地下》，尤其是《在约定的场所》这个打开的“黑匣子”。

书的内容由两部分构成。第一部分是八名奥姆信徒访谈录。这部分立体地、全景地、个性化地展示了“黑匣子”里面的种种人物和场景。“这已接近人体实验了”、“留在这里绝对死掉”、“曾给麻原要求过性关系”——仅看标题就不难想像“黑匣子”里面何等不堪、何等骇人听闻。第二部分是“同河合隼雄先生的对话”，对话部分又分为“围绕《地下》”和“与‘恶’共生”两部分。河合是日本极有名的荣格派心理学家和文化学者。生于一九二八年，前几年去世。生前任京都大学名誉教授和国际日本文化研究所所长，小泉内阁时期出任文化厅长官要职。尤以“心”学研究闻名，著有《古代故事与日本人的心》、《心的处方笺》等。据不完全的资料，不喜与人交往的村上也至少有两个相当要好的朋友，一个是原哈佛大学教授杰·鲁宾（Jay Rubin）。鲁宾译过《奇鸟行状录》和几个短篇，这两年又译了《1Q84》，其研究村上的专著《倾听村上春树——村上春树的艺术世界》（Haruki Murakami and the Music of Words）已由上海译文出版社出版了中译本（冯涛译）。村上的另一个好友，就是这位河合隼雄。包括书中这两次在内，村上和他一共对谈了四次。而且都是带着问题的长时间对谈。一九九五年十一月第一次对谈内容后来以《村上春树去见河合隼雄》为书名出版单行本。可以说，河合是村上最为情投意合的朋友，也是对村上的小说给予极高评价（如称赞《海边的卡夫卡》是"伟大的物语小说"）的不多的学者之一。

如果说，访谈录部分旨在开启奥姆这个"黑匣子"，那么对话部分连同后记则是对"黑匣子"的解读。前者读起来让我困惑、纠结和不胜唏嘘，后者译罢则让我陷入沉思，一时难以自拔。其中有三点让我觉得特别值得思考和回味。一点是，村上认为奥姆信徒并非他者，而有可能是每个人自身。他在后记中写道："向偏执性宗教（cult）寻求意义之人的大半并非不正常的人。既不是穷困潦倒的人，又不是离奇古怪的人。他们是生活在你我身边的普通（或者换个看法，是普通以上）的人们。或许他们考虑问题考虑得有点儿过于认真了，或许心灵多少有过创伤，或许因为无法同周围人息息相通而多少感到烦恼，也可能因为找不到自我表达的手段而在自尊与自卑之间急剧徘徊。那或许是我，或许是你。把我们的日常生活同含有危险性的偏执性宗教隔开的那堵墙，说不定比我们想像的单薄得多。”这段话完全可以理解为，较之解决奥姆本身，铲除滋生奥姆性因素、奥姆性毒苗的社会土壤要重要得多，也艰难得多。

第二点，纵使教祖麻原彰晃本人，也未必一开始就那么坏，很难设想无谓地剥夺无辜者生命这一残忍行径原本就是他所梦寐以求的。他的变坏犯罪，应该同奥姆教团这一体制、这一组织有关。在村上与河合对谈部分中，两人都倾向于相信起始阶段麻原或奥姆真理教是“相当纯粹”的，也有相当强的感召力，理应成为上述一部分人的“不错的托盘”或“容器”，然而并非如此。关于原因，河合着眼于“组织”，见解亦颇见深意：纵然奥姆成员是纯粹的，而那么多纯粹的、“什么坏事也不至于干的人”以形式极端的团体聚在一起，那也肯定出问题，甚至干天大的坏事，非干不可。为什么呢？如果不在外部制造不杀不足以平民愤那样十恶不赦的家伙，就无法维持平衡，组织内部就会发生骚乱，导致组织从内侧崩溃。组织规模较小的阶段，一般不至于如此。而组织越大，整体压力越高。作为“教祖”麻原，“一旦站在某个组织的顶点，堕落立马开始。这是极可怕的事。站在顶点，总有众人的期待吧，不能不照着做，不能不妥协。而心里又完全清楚迟早必然败露，于是借助科学的力量蒙混过关。这一来，就已经是犯罪性质的了。”细想之下，不能不承认河合隼雄这番言说有其相当强的历史和现实洞察力，读来发人深省。

第三点，“与恶共生”。与上面第二点相关，或者说在这个意义上，恶就成了存在于组织、体制甚至每一个人内部抑或人这一体制无法分割的一部分。村上认为，“那既不是独立的东西，又不是可以交换或单独销毁的东西。或者莫如说，我甚至觉得在某种情况下可能是恶又可能是善的东西。”河合明确反对把善恶绝对化：“把善恶分成两个，这个是善、那个是恶，弄不好是要出危险的。那样一来，势必以善除恶，或者说善做什么都将无所谓。这是最可怕的事。奥姆真理教也是认为自己是善才那么胡作非为的……从古至今都说为了恶而杀人的人是少而又少的。相比之下，为了善而杀人的却多得一塌糊涂。战争什么的就是这样。因此，善若大行其道，是极其恐怖的。话虽这么说，毕竟不好说‘恶是好的’，非常为难。”于是就出现了平衡感和自觉的问题：“以自己的责任在多大程度上放纵自己的恶。”村上进而得出结论：“与‘恶’共生。”

不过，村上说不能断言“社会正在恶劣化”。他大约在二〇〇二年就奥姆问题、沙林惨案写了一篇题为《追求共生的人们，不追求共生的人们》的文章，谓社会既没有特别变好，又没有怎么变糟，只不过一天比一天显得混乱罢了。“若用粗暴的说法，社会本来就是恶劣的东西。但无论怎么恶劣，我——至少我们中的压倒性多数——也必须想方设法在其中生活下去，并且——如果可能的话——坦诚地、老老实实地。重要的真实性莫如说是在这里。”他进一步认为，不能把社会中的外在混沌作为障碍排除掉，而应该把它作为我们内心混沌的反映接受下来。换言之，正因为我们自身怀有矛盾、庸俗、伪善和怯懦，社会上才出现这种种现象。“这样一想，我们的心情或许会多少变得轻松些，或许我们皮肤的内侧（自己）开始顺利同外侧（社会）沟通，或许我们心中的个人故事开始具有作为联结二者的装置的必然性，或许我们会有效地出入其间并且拥有多重视角，我们的行为会多少趋于多层化。”村上最后果断表示，假如我们刻意排除外部的混沌和矛盾，那么岂不同排除自己的体液（故事）是同一回事了？

总之，即使在社会生活、日常生活层面，恶也是自然而然形成的一部分，甚至是我们自身的一部分。没有恶的空间是不存在的。如果刻意打造“纯粹”的空间，弄不好，就有可能误入鼓吹“纯粹”的偏执性宗教团体，甚至为排除“恶”之现世而像奥姆那样不惜诉诸暴力。而若以强大的政治组织以善的名义追求“纯粹”而来个除恶务尽，甚至有可能导致纳粹奥斯威辛大屠杀或者“大清洗”运动的发生，何况已经实际发生过。即使在这个意义上，也必须一定程度上“与‘恶’共生”。自不待言，这同对刑事犯罪之恶的姑息养奸不属同一次元，更不意味放弃对各种恶之“黑匣子”的追究。在某种意义上，毋宁说恰恰相反。

村上春树一次这样说过：“小说是‘大大的谎言’。不要忘记这一点。写小说时，我必须高明地说谎。‘用虚假的砖块砌就真实的墙壁’，这就是我的工作。”但上一本《地下》和这本《在约定的场所》则是用真实的砖块“砌就真实的墙壁”，非常值得一看。这不仅仅是窥看“黑匣子”，还会看到此外许许多多。

顺便报告一句，这是我翻译的第四十一部村上作品。如果说村上是用虚假的砖块砌他的墙壁，砌他在二〇〇一年致中国读者信中所说的“远游的房间”，那么我则是用中文这个砖块依样重砌。毕竟砖块不同，再是能工巧匠，完全不走样也怕是不大可能的。非我自吹，即使多少走样也是漂亮的房间。这既要感谢村上原著又必须感谢中文这个世界最古老的语种，同时也得感谢无数读者朋友——他和她才是房客，只有他们才真正有资格审视房间是否漂亮，述说住起来是否舒适。

不再饶舌了。依然期望诸位朋友的批评指正，来函请寄以下新址：266100 青岛市崂山区松岭路 238 号中国海洋大学外国语学院。我会在这里长久守候。

二〇一二年二月二十七日深夜于窥海斋

时青岛春雨淅沥灯火阑珊

写在前面

一九九七年三月（事件发生整两年后），我出版了《地下》一书，书中收有地铁沙林事件受害者及其家属的证言。在序言中我也说了，写那本书的最初起因，在于有关地铁沙林事件普通受害者的具体事实作为信息只被公开报道了——而且几乎异口同声地——极少一部分。至少我本身是切切实实那样感觉的。

在清晨拥挤不堪的地铁车厢里毫无征兆地遭遇沙林毒气——这实际上是怎么一回事呢？它给一个个受害者的生活带来了（或没带来）怎样的变化？作为一个小说家，我想知道这些，并且认为我们"市民"（近来这个词所受评价似乎有点儿不好）应该有必要知道得更为具体些，不是作为知识，而是彻底作为实感，作为切肤之痛，作为刻骨铭心的悲痛。如果不从这样的日常性地点开始，恐怕就很难立体地、完整地推出相应的透视图——地铁沙林事件对我们意味着什么？或者奥姆真理教对我们意味着什么？

那并非出于站在"健全"的受害者一边谴责"不健全"的施害者这样的固定动机——或者——也不是以再次结合这一事件追

求社会正义为目的。当然以这样明确的目的撰写的书恐怕也是为社会所需要的。但那至少不是我的目标。我的目标并非制造一个明确的观点，而是为读者提供制造明确观点所需要的“材料”。这同我写小说的目标基本是一致的。

说实话，在作为一个规则（rule）执笔写《地下》过程中，我决心尽量不搜集奥姆方面的信息。这是因为，脑袋里好不容易没有坊间信息进来（实不相瞒，媒体报道奥姆真理教事件最热期间的大部分我都是在美国度过的，即置身于信息这顶蚊帐之外），如果可能，我很想在那种一张白纸状态下取材。换句话说，我想最大限度站在和一九九五年三月二十日的受害者相同的立场，即在莫名其妙的时间遭受来自莫名其妙之物的致命袭击这一立场。即使为此我也要在《地下》写作上有意摈除奥姆方面的视角——我怕这一视角使得我原来的视角变得模糊不清。在这一阶段，我要避免“那边我清楚，这边也在一定程度上清楚”那样模棱两可的态度。

虽然因此受到“单方面视角”的批评，但是，将摄影机位置固定于一处就意味原点本来就是摄影者有意设定好的。因此那样的批评恐怕很难作为对于这本书的有效议论而得以成立。我原本就想写一本“精神上接近”我采访的人一边的书（这同偏袒当然不是一回事），想尽可能把他们当时的所感所思作为活的文字记录下来。我认为那种形式的参与（commitment）应该是那一阶段自己作为文笔家＝小说家的职责，而决不是将奥姆真理教那一存在所具有的正负两个方面上的宗教意义、社会意义从脑袋中扫荡一空。

不过，在这项工作得以结束、书已出版、种种样样的风波已然过去而事态告一段落之后，“奥姆真理教到底是什么”这个问号开始在我心中膨胀开来。作为我，本来就是为了校正一种信息的失衡而集中搜集受害者方面述说的事实的，而在那一作业大体完成的阶段，这回开始渐渐怀有这样一个疑问：我们果真把关于奥姆方面的真正正当的信息搞到手了吗？

在《地下》里边，我是把奥姆真理教那一存在作为日常生活中毫无征兆的突如其来的“来历不明的威胁＝黑匣子”来把握的，但现在我想以我的努力在一定程度上把那个黑匣子打开。我觉得，通过将黑匣子里的东西同《地下》那本书推出的透视图加以比较对照——换言之，通过将异质性与同质性进行解剖——很有可能获得更有深度的视角。

除此之外，我之所以打算从正面对待“奥姆方面”，也是因为我持续怀有这样一种深切的危机感：尽管发生这么严重的事件，而导致事件发生的根本问题却一个也没解决。日本不存在接收从日本社会这一主体制（main system）滑落之人（尤其年轻人）的有效而正常的次体制（sub system）＝安全网——这一现实在事件之后也全无改变。只要如此重大的本质性缺陷如黑洞一般存在于我们的社会，纵然在此摧毁了奥姆真理教这一集团，结构与之大同小异的吸附体——奥姆性存在——也迟早还要登场，同样事件说不定卷土重来。这样的不安，我在进行这次采访之前就不断感觉到了。而在结束采访的此刻，感觉更加强烈更加具体（就拿一连串普通初中生“突发性闹事伤人”事件来说，恐怕也是可以作为后奥姆状况的一环来看待的）。

这促使我得出一个结论：自己恐怕只能用和《地下》基本同样的形式听取和记录奥姆真理教信徒（原信徒）的心情和主张。这样也才能在更深的层面以更好的形式获得我最初怀有的“公正疑问”的平衡。

但是，找到肯接受我采访的奥姆真理教信徒（原信徒）和找到肯接受我采访的地铁沙林事件受害者同样不是件容易事——尽管意义不同——到底应以怎样的基准来选择奥姆信徒（原信徒）呢？也就是说，这里有个不无根本性的疑问：到底怎样的人才能称之为“一般的、标准的奥姆信徒”？谁能判断那是正确的样品（sample）呢？况且，即便顺利找到了那样的人，而若将信徒方面的话语原封不动收集起来，在结果上也有可能成为一种宗教宣传。情况能不出所料吗？

可是，这种事情一开始考虑再多也理不出头绪。因此，我决定作为开头先找几个人采访一下试试，然后再考虑不迟。说实话，采访受害者时也是这么孤注一掷的。

同意接受采访的奥姆信徒（及原信徒）是通过《文艺春秋》

编辑部相关途径找到的。采访程序基本沿用《地下》时的形式。总之尽可能多花一些时间进行采访。作为形式，首先由我发问，然后请其就此畅所欲言。一次大体用三四个小时。录音带整理成文后请其本人阅读确认。为了保持谈话的自发性，希望其尽量不要改动。但与事实有出入或容易招致误解的表达则请其修正。删除不便用文字表达的部分，补充采访时忘说的要点。在对方明确表示OK之后才付印发表。名字尽量用真名实姓，但对方希望匿名时则用假名。至于是假名还是实名，文章中并不注明。这样的条件在申请采访时一一告诉对方。

关于所讲内容是否属实，除了知晓明显与事实不符的，基本不予查证。这方面或许有不同看法，但我的工作只限于听取对方的讲述并将其尽量整理成容易阅读的文字。即便其中有若干事实性误差（毕竟记忆是不稳定的东西，若从理论上下定义，那不过是事实的个人重组罢了），那种在个性物语累积基础上产生的“集合性物语”中也含有一个强有力的确凿的真实性。这是我们小说家每天都感同身受的。正是在这样的语境下，我才认为这乃是小说家的工作。

不过，对于《地下》中的事件受害者的采访和对于此次奥姆有关人员的采访，在内容上、形态上并非毫无二致。二者最大的不同，是这次采访时我对采访对象的发言常常插入自己的意见，有时还表示怀疑或加以反驳。《地下》的采访，我尽可能躲在幕后，注意不让自己的色调和意见出现在字里行间。但这次——终究是比较而言——则有意登台亮相。倒是尽量注意不多嘴多舌，但我以为如此登台亮相还是有必要的。这是因为，接受采访当中的发言在某种情况下难免流于教义的说教，即使为保持采访的平衡也显然是不应该听之任之的。这是同采访受害者时的最大区别。

但有一点要交代一下，我一不是宗教专家，二不是社会学者，两方面都不通晓，而仅仅是个单纯而缺少教养的小说家（世间不少人士想必都知道这并非美丽的谦虚）。我所具有的宗教知识只比彻头彻尾的门外汉多一点点。所以，倘若同千锤百炼的宗教实践者一起登上教义争论这个狭小擂台，我可能没多少获胜希望。坦率说来，在开始采访信徒之际我也并非没有这方面的担忧。但另一方面又觉得那也没什么不可以的。若有不懂的，届时说不懂即可。如果觉得对方的想法与众不同，恐怕也只能直言不讳，表明“道理上如何另当别论，但普通人大概是不容理解的”。而且实际上也是那样做的。这并非随机应变。较之适当使用专业术语哼哼哈哈任其滔滔不绝，还不如在基本或起步地方打断问清楚为好。这样一一发掘谈话内容，作为交谈莫如说更为得当。

不过粗略说来，以物物交换的方式交换常识性一般性层面的意见或见解足以使双方得以沟通，我也得以大致理解了采访的基本模式（接受不接受当然是另一问题）。至少就我所做的这种采访而言，此即足矣。这是因为，细细剖析对方的精神、具体品评其气场的伦理或逻辑上的正当性并非采访的直接目的。关于宗教上的深刻论点或其社会意义的追求，由各方专家在其他场合讨论好了。那样也才万无一失。与之相反，我在这里尝试提出的，乃是从“地对地”这一视角把握的他们的形象。

但与此同时，在同他们促膝交谈过程中，我不能不深深感到小说家写小说这一行为同他们希求宗教那一行为之间存在着无法消除的共通点。那里有极其相似的东西，千真万确。话虽这么说，但不能将二者定义为完全同根同宗——因为其中既有相似性，又有某种根本不同。同他们交谈当中激起我个人兴趣的也是这点，让我产生类似焦躁感的有时也是这点。

不管怎样，我总是多少有这样的感觉：正因为自己心中有这样的观点，才有可能在不同场合下或顺利接受他们讲述的话，或果断予以拒绝。如果补充一句，常识（common sense）这个东西才通过这一系列采访而最终——终究不过是我常识性感想——发挥了相当重要的作用。

如果允许我诉说个人心情，我作为用一年时间采访《地下》的采访者，对于引起地铁沙林事件的奥姆真理教当事人（现行犯及以各种形式参与那起事件的人），至今仍深感愤怒。我实际目睹了遭遇那起事件、现在仍以种种不同的形式遭受其折磨的人们，实际目睹了被夺走所爱之人的生命的人们的无尽苦恼。对此我不能忘记。同时认为，无论出于怎样的动机、有怎样的缘由，那样的罪行都是绝对不应饶恕的行为。

但是，关于作为总体的奥姆真理教团体实际上或精神上抑或结构上参与那起事件参与到何种程度，我想一来各执一词，二来对于事实判断还是要公正地交给读者。换句话说，我采访奥姆信徒（及原信徒），既非为了谴责他们，又不是为了以新的观点重新评价他们。这点还请诸位大体给予理解。在这里我想提出的，一如我就《地下》所说的，并非一个明确的观点，而是为推出多个明确的观点所需要的有血有肉的材料（material）。

《地下》出版后和这部《地下2》连载（《文艺春秋》月刊）也结束的时候，我两次倾听了河合隼雄先生的谈话。虽然形式大体算是“对话”，但实质是我（村上）提出疑问而由河合先生就此解答。在做完《地下》和《地下2》两次漫长的采访工作之后，总是觉得烦躁，心情无法安顿下来，而河合先生出于心理疗法专家的立场对此给予细致的（并且富于深刻暗示的）解答，我因之得以“茅塞顿开”。作为我可以如此坦诚相问的对象，除了河合先生，我还想不出更合适的人来。

当然，作为小说家（fiction maker），我以后必须经过种种样样的物语程序来一一立体式验证和处理自己心中遗留的东西，但走到那一步还需要相当长的时间，并非可以一蹴而就的。就在这个阶段，我得到了一种启示，使得自己在心理上姑且划上一个句号——对此我要对河合先生致以深深的谢意。

此番采访连载于《文艺春秋》一九九八年四月号至十月号。

对于提供如此场所和机会的平尾隆弘总编和替我逐一耐心处理接踵而至的烦杂的现实问题的编辑部大松芳男（作为“奥姆一代”的一员，他每每提出有益的意见），我要深表感谢。在出版单行本之际，又得到了出版部村上和宏先生的帮助。

另外想说的是，连载当中用的总标题是《后地下》（post underground），后来偶尔读得美国诗人马克·斯特兰德的诗《一个老人在自己的死中醒来》（An Old Man Awake in His Own Death），心中忽有所感，从中得到《在约定的场所》（The place that was promised）。诗是村上翻译的。

采　访

“说不定真是奥姆干的。”

狩野浩之（一九六三年生）

生于东京，但很快搬到郊县，在那里送走了少年时代。弟妹各有一个。上大学时弄坏了身体，开始去奥姆真理教主办的瑜伽道场。仅仅二十天后麻原彰晃便劝他出家，五个月后出家。他是老资格萨马纳（出家者），地铁沙林毒气事件发生时属科学技术省，在那里主要从事电脑操作。对他来说，六年时间的教团生活是一片晴朗的、美好的，一直持续到地铁沙林事件毁坏那种平稳为止。在教团中也遇到了许多朋友。

如今虽然还没有退出奥姆真理教团，但已从集体生活中脱离出来，同其他成员之间总的说来保持若即若离的关系。在东京都内一个人生活，同时继续单独修行。对佛教怀有兴趣，理想是将佛教理论化。他说“经济上不想给教团添麻烦”。同伴中也有很多人离开教团。才三十二岁，往后走怎样的道路，心情想必摇摆不定。

采访时间很长，但一次也没从他口中说出“麻原彰晃”四个字。不仅名字，甚至教祖、GURU[①] 这样的外围性称呼也未出口。始终回避称呼。大概很难将麻原彰晃式的存在作为语言顺利说出口来。只有一次使用了“那个人”这一表达方式。这点我记得尤其清楚。

看上去像是在道理上循规蹈矩思考问题那样性格的人。无论什么都要自行予以理论化才能接受和理解。要想从长年累月渗入骨髓的铁杆逻辑＝教养中挣脱出来而转入“自己本身的活的逻辑”，可能要多少花些时间。

总的说来，小时候是个活蹦乱跳的孩子。小学时代身高就超过了一米六，比周围同学高出了二十厘米。体育也喜欢，很多运动都做得入迷。但上初中以后个子一点儿不再长了，如今比一般人还矮一些。怎么说好呢？ 肉体成长有时候也跟精神性的东西相呼应，开始一点点走下坡路。健康状态好像也是。

学习成绩不差，但起伏相当大。尤其上初中以后，自己想做的和不想做的，变得非常明显。学习本身倒不头痛，但对用功总好像有非常强烈的抵触感。就是说，自己想学的和学校教的，相差太大了……

对自己来说，学习意味着变聪明。可是在学校做的是死背硬

① GURU：原义为印度教的导师、教师。

记，如“澳大利亚有多少只羊”什么的。我想，那玩艺儿做多少也不可能变聪明。聪明那东西，以小孩时的印象来说，好比《姆米一家》[①]中出现的司那夫金的那个东西。对我来说，长大就是那么回事，就是具有那样的沉着啦知性啦智慧啦什么的。

——您父亲是怎样一位人士呢？

工薪族，开印刷机的。手巧，但讲不出道理。倒是没有动手打过我，但说是工匠气质也好什么也好，反正脾气暴躁，好生气。我一问什么就大发雷霆。学校的老师也半斤八两，我有什么疑问刚一深问，就马上火蹿头顶，不肯讲解。莫名其妙啊！那么大一个人，却因这么一点点事就脸红脖粗气急败坏。我心目中的大人印象和现实中的大人之间，差距实在太大了。

使得这个差距变得无可救药的，是我没考上大学复习期间在电视上看的《致星期五的妻子们》。看得我大失所望，心想就算成了大人也好像什么也没长大。

——就是说，看电视剧时发现剧中人全都一塌糊涂，所以大失所望？

① 《姆米一家》：芬兰儿童文学家托芙·扬松（Tove Jansson，1914—2001）的童话作品。司那夫金为作品中主人公。

是的。我心目中的大人图像彻底土崩瓦解。心想即使知识啦经验啦增加了，实质上也根本没出息什么。换掉那种外表，去掉表面性知识，剩下的岂不和小孩差不多？

另外，对恋爱那个东西也有很大疑问。十八九岁的时候，我这个那个归纳一番，得出这样一个结论：单纯爱一个人和所谓恋爱是两码事。就是说，单纯爱一个人，其中不会有为了自己利用人家这样的事情介入。但恋爱不是这样，里边混杂着希望对方喜欢自己这样的东西。不用说，如果单纯爱对方就心满意足，那么单相思也完全不至于痛苦。只要对方没变得不幸，就算自己不被对方爱，自己也用不着为此闷闷不乐。最后所以变得闷闷不乐，总之是因为那里有希望对方喜欢自己这样的欲望。所以我认为恋爱那东西同单纯爱一个人是两码事。单相思的苦恼也会因此大大减少。

——是够认死理的了！就算是单相思，一般人也绝不至于想到那个地步。

的确是的。一天天我总是想这类东西。从十二三岁我就这个那个拼凑那类哲理性结论。一旦开始想什么，就一个人呆呆思考五六个钟头。对我来说，“学习”总之就是这么回事。在这方面，学校里教的只是分数赛跑发令枪那样的玩艺儿。

偶尔也跟同学讲起这个，但讲不下去。跟学习好的同学讲这种话，对方只是感叹：“喃，你居然想这样的东西，厉害厉害！”

但交谈没办法推进。根本遇不上能够就自己最感兴趣的事开怀畅谈的对象。

——一般情况下，思春期每当为这种本质性问题感到苦恼的时候，人都是要专心看书的，以便从书中找到有益的建议。

看书无论如何看不来，一看就看出各种各样的漏洞。尤其哲学书，虽然只看过几本，就怎么也看不下去。这是因为，对于我的哲学是用来寻找“改善措施”的东西，通过深刻的认识来找。具体说来，就是深刻理解人生意义等本质性价值，以此增加欣喜和充实感，或弄清楚眼下该做什么。“改善措施”是最终目的，其中间阶段终究不过是阶段罢了。不料，我看的书是了不起的先生为了炫耀自己写的书，挥舞语言技术告诉大家他的智性多么多么高。这种东西看在眼里，就怎么也看不成了。这么着，我就对哲学那东西本身失望了。

还有一点，我想起小学六年级时的一件事，当时我看见自己面前有一把剪刀，就忽然心想：这剪刀虽说是大人们拼命制造出来的，但总有一天要坏掉。有形的东西迟早必然坏掉。人也同样，最后肯定有死到来。所有东西都朝毁灭勇往直前，倒退是不可能的。换句话说，毁灭才是宇宙的规律。这样的结论一下子浮上脑海后，看东西的眼光就变得相当消极起来。

比方说，如果自己人生的结论在于毁灭，那么，总理大臣也好流浪汉也好，下场岂不一个样？果真如此，就产生这样一个疑问：努力奋斗有什么用呢！假如人生的苦恼多过欢喜，那么岂不早早自杀更为明智？

如果只有一条通道，那就是“死后世界”。那是唯一的可能性。最初听得这种话时，心想那是多么无聊！尽管如此，我还是看了丹波哲郎[①]的书。是以否定性心情看的，想看他说了怎样的傻话。那是一本《死了会怎么样》的书。

我这人的性格，反正一旦开始想什么，就要不管三七二十一想个究竟。不会心想“算了吧，车到山前必有路”。非把脑袋里的东西明确分成两类不可：“这个明白”、“这个不明白”。学功课也是这样。老师教一个新的，我就会冒出十个新的疑问。必须全部弄懂之后才能往下进行。

——看来是要给老师讨厌啊（笑）！

非常讨厌我。例如什么“青春的绿色”啦，一碰上这样的句子就忍无可忍。还有什么“七跌八起[②]”之类，爬起的次数岂不是比跌倒多了一次？可是，每次拿出这样的疑问逼问大人，都被大人一笑置之。谁也不理睬我，谁也不好好解释。一看见那样的

① 丹波哲郎：日本电影演员。
② 七跌八起：日语原文为“七転び八起き”。

人，就觉得他们实在太马虎了。对不明白的东西就那么稀里糊涂放过去。那样合适么？作为自己是有抵触情绪的。

——我偶尔是两方面都可以解释的（笑）。不过身边是没有人耐心回答这样的疑问。可另一方面，一般世人正因为对细小地方适当敷衍了事，也才得以活下去啊！

那是的。可是自己不能那样，觉得不能这样顺水推舟地活下去。

所以我认为丹波哲郎的书本身无聊透顶。不过其中介绍了斯维登堡[①]的书，那本书看得我吃了一惊。斯维登堡是个有名的学者，即使拿诺贝尔物理学奖也无足为奇，可是五十岁刚过忽然成了特异功能者，留下了数量庞大的关于死后世界的记述。看了那种书，不由得对书中敏锐的逻辑性佩服得五体投地。和其他这方面的书不同，给我的印象是逻辑上无懈可击。对我来说，理由和结论的关系非常容易理解。所以产生了信赖感。

这么着，我想查一下资料，弄清死后世界是怎么一个东西。临死体验方面的资料这个那个看了好多，受到的震动相当大。日本也好外国也好，人们的证言惊人地相似。而且都是真名实姓带

① 斯维登堡（Emanuel Swedenborg，1688—1772）：瑞典神秘主义思想家。晚年研究心灵现象。著有《天界的神秘》等。

照片的证言——那些人异口同声一齐说谎的概率是几乎没有的。得知“karma[①] 法则”是后来的事。得知后，从小怀有的疑问一下子迎刃而解。

还有，佛教的根本性无常观和我所考虑的宇宙毁灭法则是同一回事。我对那种东西的认识是消极的，但由于那样的关系，我非常顺利地进入了佛教。

——读了与佛教相关的书？

太正规的佛教书我没有读。内容好像不直接，找不到改善措施。经文什么的出现好多好多，怎么也找不见中心点。感觉上好像没办法检索到自己想知道的部分。相比之下，直接的经验之谈对我想知道的东西写的直接得多。当然，不能完全信赖的部分相应也是有的。

但不知为什么，我有一种确信，确信自己能够区分那个人的话哪部分可以信赖、哪部分不可信赖，自信在经验上或直觉上具有加以取舍选择的能力。

——听你这么说，好像你一直排斥同自己拥有的理论啦感觉啦相

① karma：文中译为“业障”。karma 认为善恶行为将导致在现世或来世受到相应回报或报应，前世报应，业，业障。为方便阅读，以下姑且以“karma（业障）”之译在文中出现。

对立的要素。就是说，作为对抗价值，你身上有许许多多复杂的东西促使你从相反的立场挑战世人怀有的理论和感觉。不过，想积极参与的念头却不强烈，是吧?

从上小学开始，跟大人争论就很少败过。这样一来，周围的大人们在我眼里就全都显得很蠢，尽管实际上不蠢。现在很后悔，后悔当时不该那么看待大人。当然还不成熟啊！每当要争论什么，自己心里明白什么东西自己不是对手，就巧妙回避了。这样，剩下的这方面就百战百胜。从小学开始跟老师争论就没败过阵。以致变得过于自信，我想。

不过跟身边同学相处得很好。说话内容也适当迎合对方。什么地方怎么说对方容易接受——对此非常清楚。因了这种感觉，朋友也相当不少。让朋友开心，自己看着开心，这样的生活差不多持续了十年。回到家后，就自己一个人沉思：这么活下去到底会怎么样呢？归根结底，能够跟自己一起做自己想做的事的人一个也没有。

我没有拼命准备高考，进了电气方面的大学。在学校学的是工科，我想做的和这东西多少有所不同。我真想做的是真正有智慧的学问。比如把东方思想加以理学化什么的，就理想来说。

例如生物光量子（photon），能从生命发光。再如病症方面的，我预想，如果详细统计，说不定那里会有物理性法则。而且，从生命发出的微弱的光和心的作用的关系之间，也必然有物理性法则。这是我从瑜伽体验中得到的想法。

——对你来说，将那样的力进行量化计测，或在视觉上加以显现——这种事是非常重要的吧？

是的。那样一来，就可以做出大家都能认同的体系。现代科学那东西想得非常充分，是个好东西。所以，如果用那个在理论上进行数学组合，我想可以得到水平相当精巧的体系。奥姆里面也有极具价值的部分。作为我，想把那种成为血肉的部分保留下去。用宗教那一形式是不成的，我个人觉得。必须作为自然科学加以理论化才行。

对于不能进行科学测定的东西，我没多少兴趣。说没有兴趣也好什么也好，因为那没有说服力，也可能给周围的人还原成利益。如果不能测定的东西有了力量，结果就有可能成为奥姆那样的东西。测定可能性可以在很大程度上排除那种危险性，我想。

——可是，测定在多大程度上是真实的这点，由于立场和看法不同，因而结论不同的时候也是有的。一来必须判断那个程度的测定是不是充分，二来还有测定仪器在多大程度上值得信赖的问题。

那类统计学构筑方式，我想可以和普通医学差不多——出现如此症状这么解释啦，对如此症状这么处理如何啦等等。

——你不看小说的吧？

嗯，小说看不来。看三四页，忍耐力就到了极限。

——我因为是小说家，所以看法和你相反，认为不能测定的东西才是最重要的。当然，我不否定你的活法和想法，是以既不否定又不肯定的所谓中立立场倾听你的话。但是，世人送走的人生的大部分都是由不能测定的庞杂的东西构成的。把那些彻头彻尾变成可以测定的东西，在现实中是不可能的吧？

嗯。倒不是认为那些庞杂的东西没有价值，只是，观察如今世上的情况，我觉得多余的痛苦实在太多了。社会使得痛苦的原因越来越多，使得无法控制欲望的人感到痛苦，例如食欲啦性欲啦什么的。

奥姆做的，就是迅速减轻那种精神压力，增加每个人本身的力量。在信徒看来，奥姆真理教的百分之九十九都属于这个：对于精神现象和物理现象的思考方式，相应的改善措施、解决方案。从内侧来看，奥姆就是这些的组合。至于组织上怎么样，末世思想如何如何，那是媒体描绘的奥姆。在我周围，没有什么人认真思考诺斯特拉达穆斯[①]的预言。那个层面的事情谁也不懂。

我想做的是把轮回啦 karma（业障）啦等东方思想在理学上

① 诺斯特拉达穆斯（Nostradamus，1503—1566）：法国医生、星相学家。1555 年根据星相学写了韵文预言书《诸世纪》（Centuries）。

一个个体系化，哪怕体系化一点点也好。比如说，去了印度那里，就有很多人在生活中彻头彻尾相信那个。可是发达国家的人要理解和接受那样的东西，就需要相应加以理论化——我想已经到了这样的时代。

——例如战前一部分日本人相信天皇是神，为此宁愿去死。这是对的吗？信了就可以的吗？

就那样结束了也就罢了。但想到下一个生，恐怕还是佛教式的生活好些。

——可那不外乎是信天皇还是信佛教轮回，也就是所信对象的区别吧？

只是结果不同。信天皇死后得到的东西和信佛教死后得到的东西，结果是不一样的。

——但那是信佛教的人说的吧。对于信天皇和相信为天皇死了灵魂可以进靖国神社安息的人来说，结果恐怕就是那样也未尝不可。不是吗？

所以我在考虑用数值证明佛教的方法。正因为还没有那个方法，才会有这样的议论。更多的我什么也不能说。

——这就是说，假如出现把天皇从理论上加以测定的方法，那么那样就可以的了？

是的。如果因此在死后结果上对那个人有利，那样也是可以的。

——我想说的是，从历史上看，科学这个东西在很大程度上一直为政治和宗教所利用。例如纳粹就是这样。所以后来有了不少似是而非的伪科学，它给社会留下了巨大创伤。你也许是一再进行严密验证的人，问题是世上很多人一听大人物说“这是科学、这是结论”，就会全盘接受，一下子拥去那边。我觉得这是最可怕的。

我认为现在的状态可怕。如今世上的人品尝了很多本来不该品尝的痛苦，所以我在考虑能够避免的方法。

——对了，你是因为什么契机成为奥姆真理教信徒的呢？

看了一本“在家里可以轻易冥想”那样的书。一做，精神上陷入了异常状态。倒也不是做得多么认真，硬要净化 cakra[①] 来

① cakra：瑜伽所指的精力集中的身体部位，从会阴到头顶，一般认为有六处。

着，以致气的运行一下子变弱了。本来净化cakra要同时加强气功才行，可我没那么做，结果cakra状态失去了平衡。痛苦得不得了。一会儿热得不行，一会儿冷得不行，冷热交替袭来。精力变差了，总是贫血。很危险的，那个！东西也吃不下去，体重降到四十六公斤。现在倒是有六十三公斤。在大学听课也难受，学习根本谈不上。

这样，我就去了奥姆的世田谷道场。在那里介绍自己处于什么什么状态，对方三下五除二当场教给了办法。照着一做，仅仅简单做了个呼吸法就恢复了，简直难以置信。

往下两个月时间没怎么去道场，后来开始经常去。折叠传单的志愿服务做了二十来天。之后马上有能够同教祖直接面谈的“秘密瑜伽”。面谈时直接问了（问麻原彰晃）怎么对待身体的不适，结果让我出家，就像一眼看穿资质了似的。周围人也对我说：“还没有人得到过这样的指点，好厉害啊！”于是横竖退学离校，出了家。二十二岁时的事。

一开始就出家的人没有多少，我的情况是很少见的，我想。不过作为我，身体已经衰弱到连十分钟都走不了的地步，觉得自己怕是活不成了。他（麻原彰晃）说“你跟现世太不合拍了”，不用他说，实际也是那样。并没有正经谈什么，就这么劈头一句。平时根本没说过话，一见面就被说中了很多，简直像无所不知似的。所以全都信了。

——我猜想见面之前他大概已经准备好了那些数据，搜集各种各样的信息。

作为可能性那怕也是有的，不过当时没有看出来。我出家是八九年，那时的出家者数量不是很多。实际我想也就二百人多一点点。最终倒是有了三千人左右，我想。

那个人（麻原彰晃）亲切的时候，是我人生中见到的最亲切的人；那个人可怕的时候，又成了我人生中见到的最可怕的人。那种反差大得惊人，所以光说话就深切感到有一种神灵附体那样的东西。

叫我出家时，实在难受得很。一来不想让父母担心，二来对新兴宗教也非常讨厌。跟父母倒是一五一十说了，父母哭得够呛，我心里难受得不得了。与其说是吵架，不如说父母是哭了又哭。那以后不久母亲就去世了。那也让我不好受。母亲当时精神上就这个那个有很多苦恼，但形式上我就像火上浇油似的。估计父亲以为是我害死了母亲，百分之百。

（当了信徒后不久就有众议院选举。奥姆教团中也出了不少候选人。狩野君说选举因为运动做得扎实，相信麻原彰晃肯定当选。关于几乎没有选票进来这点，至今仍一副完全难以置信的样子。这就是说，多数信徒认为选举存在某种操作。那以后他被分配到教团的建筑班，参与熊本县波野村教团设施的建设。）

波野村去了五个月左右，在那里一直当长途卡车的司机。跑遍全国搜集预制房屋材料，装在载重四吨的卡车上拉回来。啊，也没什么吃不消的，施工现场的人专门干累人的土方，相比之下，卡车司机算是舒服的了。

同现世生活相比，教团生活当时苦得不得了。不过苦是苦，但极有充实感，自己内心的痛苦减轻了，从中找到了感谢之情。同伴也认识了不少。无论大人小孩，无论男女，哪怕老婆婆，也都很快成了朋友。奥姆里面，因为大家都在生活中把提高精神水平放在首位，所以心情上基本合得来。在那以前，为了与人交往很多时候要勉强（改变自己），那种必要性消失了。

也没有疑问。什么疑问都有答案，全都能解决，比如这样就会这样等等。无论提什么样的问题都马上有答案回来。所以一拍即合（笑）。媒体不报道这个，综合节目那东西，只顾收视率。至于正确报道真相什么的，根本就不做。

从波野村返回富士山本部，那以后一直做电脑方面的工作。上边有村井（秀夫），交谈偶尔也是有的。我说想个人研究点什么，他说想研究什么就研究什么好了——就是这种感觉（好像不怎么来劲儿）。反正那个人对上面交代的事尽心尽力。

——“上面”就是指麻原彰晃吧？

是的。所以，那个人给人的感觉实在是一再削减自己的个人欲望。根本就不考虑由下而上提出（新方案）。不过，如果自己有想做的事，他的态度是那么做也不碍事。

我的地位是“师补”那个东西。不是干部的人，最高就是“师补”。拿公司来说，大概类似股长吧。不是多么风光的东西。即使当了“师补”，部下也一个都没有。感觉上就是自己一人独立做事，约束什么的，一概没有。处于这种立场的人我周围有很多。媒体报道什么的，说我们全都被管得死死的，其实那里面自由行动的人是相当不少的。出入当然也是自由的。倒不是专用车，但能随便用的车也是提供的。

——可是到了后来，例如坂本律师事件啦殴打致死啦松本沙林事件等等，接连不断发生了这种有组织的暴力犯罪吧？对这个没有感觉到什么吗？

怎么说呢，兵荒马乱的气氛是有的。有的形迹可疑，秘密主义那样的地方也出来了。不过，不管看到什么，或许也还是很顽固的（相信自己这些人做的事是不错的），毕竟摆在自己眼前的利益那样的东西实在太大了。即使看见媒体的报道，也还是绝对不能相信，认为是媒体的信息操作。但大约从前年（九六年）开始，终于开始认为那种情况有也说不定。

就拿坂本事件来说吧，原以为奥姆不是一连几年都巧妙封锁消息那样的团体，以为不会做那种事。不管怎么说，作为组织，计划都太恶劣了。无论出怎样的差错都不解雇。而且，虽说是工作，但根本没有工资。与其说是不负责任，不如说完全没有“每个人的责任”这样的观念，说 about[①] 也好什么也好，反正马虎得不得了。以为只要精神上提高了，往下无论发生什么事都无所谓，就是这样一种意识。社会上一般人因为有太太有家庭，所以大体都很负责，拼命干。奥姆完全不同。

例如，说明天以前必须把钢筋送到施工现场，但没有送来。负责这个的人只要说一声“啊忘了”就算完事。倒是有人多少说他一句，可说他，他也全然不动。全都到了不火烧眉毛就无动于衷那样一种状态。比如就算发生了什么糟糕事，也只是说：“啊，karma（业障）掉了。”全都欢天喜地。即使出错挨训，也认为这一来自己的污秽掉了（笑），顽固不化。对什么都苦恼不起来。所以教团的人不知不觉地看不起现世的人：啊，大家都这个那个苦恼不堪，只有自己超然物外，就是这样。

——就你来说，从八九年到九五年在教团待了六年，那期间完全没有问题啦疑问啦什么的？

同问题相比，感觉到的更是感谢啦或大有好处啦充实什么的，只是这些。就算有难受的事，也有人一一详细解释它的含

① about（アバウト）：马虎、随意，夸张。作为日语的特有用法。

义。倒是没有我个人特别景仰的人、尊敬的人，没有那样的人。能给出那种回答的能力，教团中“师”以上的人谁都有。大凡萨马纳（出家信徒），即便不是“师”，在日常教学中也都理解的。只是，层次越高越厉害。看上祐君就能看出，那么能言善辩的人教团里横躺竖卧。他们身上明显具有和世人（水平）不同的东西。就拿睡眠时间来说，厉害了，一天只睡三个小时，这样的人到处都是。例如村井秀夫等人。精神力、判断力，无论干什么都同样厉害。

——直接见麻原彰晃交谈过吗？

这个么，过去人数还少的时候，可以凑得很近说话，“最近困得不得了”这样无谓的问题都不管不顾提出问他。但教团大了以后，这种情况就慢慢变少了。不可能每一个人都这样做。

类似仪式（initiation）那样的东西也这个那个做过好几回，有的很难受。尤其“温热”那种，受不了的。也有用药物的，当时倒是不知道，后来得知是LSD[①]。做这个，状态就只剩下心了。身体感觉没有了，可以从正面看清那时自己的深层意识里有怎样的要素。那时的体验确实让人吃不消。说一塌糊涂也好什么也好，得知自己死后大概就是这么一种状态。虽然不知道那是药物，但

① LSD：Lysergic Acid Diethylamide之略，麦角酸酰二乙胺，一种致幻药物。

认为单纯深入自己内侧的药物是有利于修行的。

——但是，由于使用药物而出现相当严重的幻觉而致使心灵遭受深度创伤的例子好像也是有的……

我想那是因为用量偏多或方法不当的关系。有个地方叫治疗省，林郁夫负责的，但那地方也马虎得很。要是那里再做得多少科学些正规些，应该没有问题……还有，教团里常常胡作非为，让人勉为其难的事有很多的。这方面多少为别人着想些就好了。

——发生地铁沙林事件的九五年三月你在哪里做什么来着？

闷在上九一色的房间里，一直一个人鼓捣电脑来着。我在的地方有电脑能够进行电脑通讯，就用来仔细看新闻。本来是不该做那种事的，但还是稀里糊涂地做了。也时不时去外面买报纸回来，大家轮流看。倒是有人提醒小心别让人发现，但没什么大不了的事。

这么着，在电脑通讯上看到报社的速报，知道了东京地铁事件。但根本没以为那种事是奥姆真理教干的。谁干的不知道，反正认为不至于是教团干的。

地铁事件后，上九一色受到了全面搜查。因为科学技术省成员很可能由于冤罪而被连窝抓走，感觉上好像还是外出为好，我也开车去外面游逛了一阵子，所以全面搜查时我不在那里。不管怎样，作为我，完全没有怀疑教团参与事件的心情。

（麻原）被逮捕也完全没感到愤怒什么的。不外乎认为那怕是不可避免的。对于奥姆信徒来说，感情上愤怒之类是低层次的事，而认为较之愤怒，多少深一些看穿那里的情况才是美德。这样，我就考虑该采取怎样的行动。认为重要的是继续做现在能做的有价值的事情。

大家商量往下如何是好。结论大体是应该做的只有修行。那里没有千钧一发的悲壮感。教团里面就好像是台风眼，平静得很。周围吵吵嚷嚷，可只要迈进一步，一个风平浪静的世界就在那里展开。

说不定真是奥姆干的——开始这么认为是在现行犯被捕并且招供之后。他们几乎全是早有交往的熟人。既然有了那些人的话，这些人都说干了，那么就有可能是真的。

不过么，以奥姆人的感觉说来，相比之下，自己是不是修行了才是问题，这和干了还是没干没有关系。重要的是怎么进行内侧开发，即使同奥姆干还是没干相比。

——可是，奥姆真理教团所推行的教义朝某个方向发展的结果，引起了那样的犯罪，很多人被夺去生命或者受伤。这样的要素原本就包含在教义之中的吧？关于这点是怎么考虑的？

那部分明显分开，作为真言秘密金刚乘[1]。做真言秘密金刚乘部分的人只限于层次特别高的人。只有大乘修完的人才能做那个，这点平时被一再强调。所以我们做的是离那儿很远的事。所以对我们自己一直做的修行或活动（即使事件发生后）根本没产生疑问。

——不过，层次高低姑且不论，真言秘密金刚乘在奥姆教义中作为重要一环是有很大意义的吧？

说重要也好什么也好，在我们看来那不过是画上画的饼罢了。同平时做的事、平时想的事简直不相干，离得实在太远了。去那里之前必须做的事要好几万年才能做完。

——所以你说无关。可是，假如你的层次一下子提高了，开始涉及真言秘密金刚乘部分，因而作为到达涅槃（nirvana）的途径而叫你杀人，你会杀吗？

我认为不具有真正看透轮回转生能力的人是不能做那种事

① 真言秘密金刚乘：日文原文为“タントラ・ヴァジラヤーナ”。奥姆真理教修行的内容分为三类，分别是小乘、大乘和真言秘密金刚乘。

的，不能参与那种事。问题是，奥姆里面，到达那里的人一个也没有，想必。

——可那五个人做了。

我不做。那个区别是有的。因为，对那种行为自己还不具有负起责任的能力。所以怕得无论如何也做不来。那种地方是暧昧不得的。不能看透他人转生的人没有剥夺他人生命的资格。

——麻原彰晃有那个？

我想那时是有的。

——那能测定吗？客观上能证明吗？

不能，现阶段不能。

——那么，受到现世法律制裁，无论出来怎样的判决都是没办法的，是吧？

是的。所以我不是说奥姆的本质都是对的。只是，那里面实在有些有价值的东西。作为我，心情上总想把它处理一下，想把好处给普通人。

——说句非常常识性的话吧，在把那种好处给普通人之前出现了那样的犯罪行为，把普通人杀害了。不从内侧好好总结，却提出好处来，说“也有好地方”——这样子，谁也不会认可吧？

所以我想再不能用奥姆这一形式提出了。我还留在奥姆里面，那是因为过去给的好处实在太大了。对那个还没整理好，从个人角度。我觉得那里好像还有可能性。比如有没有内里招术（某种理论上的颠覆性），有没有前景什么的。所以现在想把明白的部分和不明白的部分区别开来，一个个弄清楚。

等两年左右。如果奥姆还是眼下这个状态，我就打算退出。但退出前有各种事情非考虑不可。不过，就不执著这点上，奥姆真理教团绝对世界第一。无论人家说什么，说没听见也好，说没传进耳朵也好，反正一点儿也不受影响。悲壮感那样的东西也没有，完全没有。即使对地铁沙林事件，感觉上也是“那是别的什么人的事，跟自己的工作无关”。

我不一样，我认为地铁沙林事件是坏透顶的事，是不能干的事。所以，“坏透顶的事”和自己一直体验的“好上天的事”在自己心中剧烈碰撞。简单说来，结果会是这样的：“坏透顶的事”这一认识占上风的人退出教团，“好上天的事”这一认识占上风的人留下不动。我还处于中间。也就是说要看看情况。

现行犯那些人，这以前一直对教祖说的话言听计从，因此获得了很大好处。在此前的阶段是没有犯罪要素的。所以我猜想恐怕是脱离了类似连续性那样的感觉。

“按照诺斯特拉达穆斯的伟大预言安排人生日程。”

波村秋生（一九六〇年生）

生于福井县。父亲在水泥公司工作。兄妹三人，一个哥哥，一个妹妹。上大学后本来想学以前就感兴趣的文学和宗教，但同顽固的父亲谈不拢报考专业，“那么干活好了！”——于是在福井市内找一家汽车零部件公司，开始工作。他说高中时代讨厌学习功课，总是自己看书，以致同周围格格不入。当时看的主要是宗教哲学方面的书。

自那以来，换了许多工作，不断读书、思索和写作，对五花八门的宗教持续怀有兴趣。他的三十几年人生中一以贯之的，是“自己不适合现实世界”这一明确认识。这样，虽然他在和自己一样在与现世价值不同的另一体系中生活的人之间追求“连带感”，但追求当中总是无法舍弃“有所不同”的怀疑，无论如何也不能打成一片。加入奥姆后这点也没改变。

现已返回故乡，在运输方面的公司工作。过去就喜欢海，现在也不时去游泳。对冲绳也迷得如醉如痴。他说，看宫崎骏的电影看得放声大哭，从而确认：“啊，自己正作为人带着一颗心活着。”

高中毕业时，我想最好出家，或者直接死掉。找工作什么的，太让人讨厌了。如果可能，很想好好过宗教性质的生活。就算活着，也只是造孽。与其那样，还不如死掉算了，死了对人世更有好处。

一边这么想着，一边在汽车零部件销售公司上班，当轮胎推销员。所以最初推销得很不顺利。加油站啦、卖汽车的地方啦，每次都进去大声说一声“平时承蒙关照”，但往下的话就接不上去了。我吃不消，对方也为难。因此，刚开始那阵子根本做不成买卖。

不过里边也有好心人。公司里一个资格老些的人热情鼓励我，说他起初也因不会说话大伤脑筋，但干的过程中慢慢学会说话了。也是由于这个关系，我也渐渐习惯了工作，棱角磨掉了一些，多少能卖出一点儿商品了。那到底是一种很好的人生学习。在那里工作了两年。辞职的直接原因是驾驶证被吊销了。一来不愿意给公司添麻烦，二来想趁机转行。

正好有个亲戚在东京办补习校，跟他一商量，他马上叫我过去。其实我想当小说家来着。这么一说，对方说那么不妨一边改小学生作文，一边练习当小说家。

这样，一九八一年初我来到东京，开始在大田区那所补习校工作。实际来到一看，和最初说的完全不同。“学当小说家？到底做的什么梦？社会没那么好玩！”——被冷冷训了几句，根本没让我批改作文。还骂我没本事，光是叫我干杂活。让学生安静下来啦扫地啦简单划×划〇啦，总干这些。和孩子们打交道我倒是喜欢，但生活艰难。劳动时间长，一日只能睡两三个小时。在那里工作的人全都被残酷使用。结果忍着干了一年半就辞了。

在福井那家公司工作期间我攒了一点儿钱，决心用那笔钱在一段时间里学习当作家。没有职业。那样的生活持续了三年。生活费一个月顶多五万日元①。除了起码的食品，什么也不买。我本来就不怎么花钱。一直看书写东西。住处周围的环境非常好，附近有五座图书馆，书很容易借到。今天这座图书馆明天那座图书馆，就那么跑来跑去。生活虽然孤独，但我没觉得孤独有多么苦。一般人想必耐受不了。

当时看的书大多是卡夫卡、《娜佳》②那类超现实主义小说。还去参加各种各样的大学校园节，一本接一本看那里的同人杂志。由于这个关系，结交了能谈文学的朋友。和一个早稻田大学哲学专业的人要好起来，他介绍我看了许多书。维特根斯坦③啦胡塞尔④啦，或者岸田秀、本多胜一。我为那个人写的小说所感动，但现在想来，和埴谷雄高的小说一模一样。

那个人的熟人中有一位姓津田的创价学会信徒，热心劝我加

---

① 一万日元相当于人民币八百元左右（2011年12月）。

② 《娜佳》：法国诗人布勒东（André Breton，1896—1966）的小说，超现实主义代表作。

③ 维特根斯坦（Ludwig Wittgenstein，1889—1951）：英国哲学家，后期倾向于用语言分析方法研究哲学。

④ 胡塞尔（Edmund Husserl，1859—1938）：德国哲学家，现象学创始人。著有《纯粹现象学和现象学哲学的观念》等。

入创价学会。一直和他争论宗教性问题来着，但在他的劝说下——“嘴上这个那个说什么都没用，实际体验一下绝对人会变的，就当我骗你试一试嘛！”——作为一种入会体验进去住了一个月。但还是合不来。因为那是为了现实利益的宗教。相比之下，吸引我的更是纯粹的教义，例如奥姆那样的。那大概更接近原来的佛教教义，我是那么感觉的。

钱也花光了，我决定在西武运输那个地方给商店送货来维持生计。干那个干了两年。在池袋的西武百货商店装货卸货。虽然工作相当累人，但我本来就对格斗技术感兴趣，加上喜欢锻炼身体，所以对体力劳动不觉得怎么难受。临时工工资低，我就一个人顶三个人干。这么着，筋肉增加了不少。工作之余去日本记者专门学校的夜校上学来着。如果可能，打算写类似报告文学那样的东西。心想如果能写得像镰田慧那样就好了。

不过，那阵子我开始对东京生活感到疲劳了，清楚知道自己的心情很不容易控制，变得凶暴起来，动不动就发脾气。当时我对生态学也有了兴趣，说“回归自然”也好什么也好，反正觉得该返回故乡了，这样的心情越来越强烈。我这人的性格，无论干什么都一样，一旦着迷就迷得晕头转向。那时对生态学着了迷。况且，看水泥森林也看累了，想看故乡的大海想得不得了。我一向喜欢海。

这样，我返回了老家，开始在“文殊”快中子增殖核反应堆的建筑工地干活。架子工。对这个我也看作是一种锻炼。那的确危险。在高处干活我在一定程度上倒是习惯了，但危险如影随形。好几次差点儿摔死。是啊，在这里差不多干了一年吧。从这“文殊”建筑工地可以望见大海。我挑这个活干，也跟这个有关，可以一边干活一边看海。海真是好看啊！说实话，修建“文殊”那个地方的海，在那一带也是最好看的。

——可是，立志从事生态学的人修建核电站合适吗？

其实我是想把那个写成报告文学的。当时的确参与了核电站的建设，但那是因为我在考虑把它写成报告文学来把它抵消来着。主意或许不坏。喏，有《战场架桥》[①]那部电影吧？用意和那个相似。拼命建造的东西，最后亲手把它毁掉。当然不会放什么炸弹，但怎么说呢，既然自己喜欢的大海反正要被谁污染，那么干脆自己污染算了！是的，心情的确复杂，怕是该说肝胆俱裂吧。

干了一年，“文殊”施工也结束了，这回我去了冲绳。用当架子工攒的钱买了一辆二手车，坐渡轮去到冲绳，吃睡都在车上。一道海岸接一道海岸，不断悠然自得地旅行，连续旅行了两个月。这么着，我彻底喜欢上了冲绳的大自然。冲绳的海的优点是不单调，各有各的表情，我喜欢看那个。首先喜欢上了冲绳的大

① 《战场架桥》：亦译为《桂河大桥》。

自然，接着喜欢上了冲绳的人和文化。这么着，每年一到夏天，“冲绳病”那样的毛病就找上身来，没办法不动，非去冲绳不可。所以，工作实在固定不了。好不容易找到工作，可一到夏天就得辞职，一忽儿跑去冲绳。

就这样或安顿下来干体力活或再三再四跑去冲绳的时间里，父亲去世了。九〇年二月的事，我差一点点到三十岁的时候。我和父亲关系始终不好。或者不如说，家里没有人喜欢父亲。在社会上倒一直是“好人”，但在家里是独裁者，反正无论什么非按自己的想法做不可。喝了酒就耍酒疯，小孩时给他打过。但后来我身强体壮了，没等父亲说我，我就先打了他。如今我后悔自己做得不好，尽点儿孝心就好了。

其实我父亲在当地共产党里是处于领导地位的。福井那地方保守，父亲做那样的事，孩子也很难找工作。我本来想当老师来着，但听说这个缘故，就打消了上教育大学①的念头。因此，对父亲是共产党员这点我一直怀有怨恨情绪。人格上的怨恨也是有的，但思想上的也是主要原因。我本来是宗教性倾向很强的人，但父亲是实实在在的物质主义，或者说是合理主义、唯物主义什么的。父亲和我时常因此闹对立。我一说宗教性意见，就被他劈头盖脸骂一顿：“说的什么？神神道道的！”大发雷霆。弄得我十分伤心。心想他说话为什么那么过份呢？为什么对我做的事一样

① 教育大学：相当于我国的师范大学。

都不认同呢?

父亲情况不好时我在冲绳，得知后马上返回福井，不久父亲就去世了。得的病是酒精性脂肪肝，死得非常痛苦。最后什么也不吃，光是喝酒，衰弱得不行，差不多算是自尽的。病床上的父亲对我说:“好好谈一次吧。”我回答:“求你了，快死了吧!”在某种意义上，可能是我害死了父亲。

葬礼后过了三十五天，我又回到冲绳。当时在那里一处建筑工地干活来着。但离开福井老家，落得孤身一人，那时我情绪低落得很。父亲刚去世时倒是满不在乎，但回到冲绳后突然一蹶不振。就好像自己被活活拖进了地狱。啊，自己不行了，绝对下地狱，再也上不来了!就是这么一种心情。食欲也完全消失，得了重度神经官能症。抑郁症，严重的抑郁症。自己知道自己正迅速变得神经错乱。下雨不干活的日子，一整天在房间里蒙头大睡。大家都去玩“扒金库”去了，只自己一个人发呆。周围人都热情安慰我，十分难能可贵，可我无论如何也没办法浮上来。

一天下半夜三点睁眼醒来，情况太糟了，觉得这回彻底不成了。神经错乱，好像就势变得人事不省。结果母亲马上打来电话，叫我立刻回家。但回到福井后，心病也总是不好。就好像心灵受了严重创伤，始终无法根除。不管干什么都高兴不起来。回来一个多月也没工作，只在家里愣愣发呆。

把我从那种状态中解救出来的，归终是冲绳的犹他。其实我看了莱尔·华特森的《白巫医》那本书，很受感动。

——那本书有意思吧？

最后，主人公博尚也成了癫痫，精神分裂症。但得了这种精神症患的人遇到了导师，当上了巫医。也就是说，把负面因素转换成了正面的。而且很受周围人尊敬。 我就想，啊，自己也这样好了！于是这个那个查阅的结果，得知关于冲绳的犹他也有同样的记载。冲绳还有那样的救赎之路。那么，自己不是也可以当犹他的么？不是也有那种资格的么？我这么想到。对我来说，那成了一种解救。

之后去了冲绳，见到了有名的犹他。和好几十人一起见的，但只我一个人被犹他点出："你，是有什么烦恼吧？"就好像看透了我的心思。"想必你是为你父亲的事烦恼。你执著于你的父亲。不舍下这个执著是不行的。你要忘掉父亲，迈出新的一步。你母亲还活着，你必须善待你的母亲。最重要的是过普普通通的生活！"听得这几句话，我心里一下子敞亮起来。觉得自己这下得救了。自那以来，一直在一个公司工作。到了夏天也不再一晃儿跑去冲绳了。下决心善待母亲，不辞职，好好干。

——原来是这样。爱德利安·博尚也许只能去那边，但你应该还能返回现世。劝你最好返回了吧？

是的，是那样的。劝我像普通人一样结婚育子，说那就是修行，就是再重要不过的修行。

或许可以说，我从很早以前就一直做宗教考察那样的事。接触了各种各样的宗教。介入基督教介入得很深，刚才也说了，同创价学会也有关系。现在也还去基督教的教堂。所以从时间上说，加入奥姆不过是我人生的极短一部分。尽管如此，却受到了这么大的打击。细想之下，这还是很厉害的。大概奥姆本来就有那样大的力量。

一九八七年奥姆出现的时候，我给教团写信，希望寄入门指南小册子过来。小册子很快寄来好多。印刷漂亮得让人吃惊，不由得感叹刚出现的宗教团体居然肯花这么多钱!

那时福井还没有奥姆的支部。离福井不远有个名叫鲭江市的地方，那里一个姓大森的人每星期把自己的住处开放一次，作为奥姆分子集会的场所。也有人跟我打招呼，我就时不时去一次。在那里看了有奥姆出现的录像“活到清晨电视! ”，看得我感动得不行。上祐的口才也够了得，让人佩服。他说奥姆信徒们所作所为是以原始佛教为基础的，通过修行来开发昆达利尼，无论问什么，他都对答如流。我心想真了不起! 人了不起，团体了不起!

来那里的人都是奥姆信徒。但我不是信徒，类似前来参观的。聚在一起的一共有五六个人吧。我之所以没有怎么深入，是因为作为实际问题要花钱的。总之奥姆那个团体很花钱，动不动就三十万日元。有什么什么课程，十盘录像带就要三十万。说是麻原尊师的教谕，立竿见影，威力大，所以还算便宜的。大家都二十万、三十万痛痛快快交钱过去。看得我很害怕。也许因为我是穷人才分外有那样的感觉。

第一次在眼前看见麻原彰晃是在名古屋。大家一起坐大巴去名古屋。有人劝我一起去，加上我也有兴趣，就跟去了。我不是信徒，不允许向麻原彰晃提问。奥姆那地方，不上层次就什么也谈不上，而要上层次，就要有相应的钱。上到一定层次才能向麻原彰晃提问。再稍微上个层次，就能得到花环什么的。在名古屋看到了那样的场景，我觉得好像有些幼稚。麻原个人就是这样很快被神化起来的。看得我心里很烦。

从创刊号开始，我一期不漏地看奥姆的机关刊物《玛哈耶纳》。一开始不错，对每一个信徒的体验都很看重。各自以实名写自己的体验："自己是怎样加入奥姆真理教的？"我看了，心里很受触动，觉得大家都非常坦诚。所以我喜欢看这本刊物。但一来二去，上面刊登的不再是一个个信徒的话，而由他一个人包了。很快把他捧上坛去，大家开始对他绝对崇拜。举个例子，麻原走路的时候，信徒赶紧把自己穿的衣服铺在地上，让他在那上面走。到了这个地步，无论如何都太过份了。中泽新一写过："宗教团体一旦囚禁信徒，那个宗教就完了。"我也认为是那么回事。这个可怕啊！因为，如果过于崇拜一个人，自由那个东西就没有了。况且麻原彰晃是有妻子的人，孩子也有好多。从佛教本来的教义来说，这是不正常的。他本人忽悠说自己是最终解脱者，即使这样也不成为业障。至于他是不是最终解脱者，那种事谁也不晓得的。

我把这样的疑问毫不客气地摔给周围的人。奥姆里面，有相当多的信徒在交通事故等意外中死掉了。我认为这有些蹊跷，就问了一个叫高桥的要好的女信徒："信徒死了这么多，无论如何都说不过去吧？"不料她说："那些人死了可以的。因为尊师在四十亿年后投生为弥勒菩萨，会把现在死掉的人的灵魂提升上来的。"我觉得是胡说八道。另外，她还拼命攻击持续批判奥姆的《Sunday每日》总编牧太郎，问她何苦那么攻击，她回答说："被攻击也好什么也好，反正在这个世上能和尊师有某种缘份的人是幸福的。就算马上落入地狱，尊师也会把他好端端提上来的。"

由于这个缘故，我同奥姆真理教保持间距，很长时间里都是若即若离的关系。不料九三年一个姓北村的奥姆教团的男子开着静冈牌号汽车突然来到我家。打电话说有事想见我，我就见了。我同奥姆已经有一段时间没接触了，所以有些个人兴趣，想知道现在怎么样了。但听他一说，好像越来越不成样子了。什么就要发生第三次世界大战啦，什么激光武器啦等离子武器啦，简直像科幻小说似的。话倒是说得相当有趣，可我心里想这下子麻烦大了。

那时他一再劝我信奉奥姆。我归终加入，刚才也说了，是因为碰上了那个姓高桥的女性。祖母去世，自己正垂头丧气的时候，高桥打来电话，说有话要说。她劝我加入奥姆，说她刚刚加入，希望一起思考奥姆。于是我见了她。比我小六岁，当时二十七八岁吧。我感到遇见那时的她是一种命运安排。那和父亲死时我感觉的命运那样的东西十分相似。我在心里不由得觉出了这点。自那以来，我和她这个那个谈得相当深入。一来二去，就加入了奥姆。九四年四月的事。

祖母去世恐怕也有影响。同我做工的公司因为不景气开始裁员也有关系。前面说的原因不明的心病也一直压迫着我——期待加入奥姆有可能使心病不翼而飞。

另外，高桥那个女性总让我放不下。不是恋爱那样的感情，但对她十分牵挂：这个人眼下在奥姆里陷得很深很深，陷得那么深不要紧么？我对奥姆是相当怀疑的，最好就这点和她谈谈。为此还是索性入教更直接有效。就是说，为了以后可以随时跟高桥交谈。我这么说，可能有些像说漂亮话似的。

庆幸的是，入教金比以前便宜多了，一万日元。预付会费半年六千日元。十盘录像带也免费赠送。作为信教仪式，入教后要看九十七盘奥姆录像带、看奥姆的书七十七册。数量惊人！但好歹应付下来了。到了最后，要念曼陀罗。拿一张印好的纸，反反复复念，用计数器计算次数。所以奥姆的人都有计数器。这个一般要念七千次。初期阶段七千次。我也做了做。觉得好笑，没正经做。这样子，和创价学会的“勤行”没什么区别。

再三再四劝我出家。教团这时拼命劝人出家，哪怕多争取一个也好。我虽然连信教仪式都还没有接受，但也劝我出家，说那个没关系。但我坚持到底，没出家。高桥那年的年底出家了。十二月二十日她往我公司打来电话，说“这就去了”。这是她最后的话。出家后不知去了什么地方。

沙林事件发生时，我在一定程度上已经离开奥姆了。我想方设法说服高桥热心劝诱的人，阻止他们不要入教。大家知道我对奥姆的做法持批判态度。但信徒毕竟是信徒，九五年五月警察前来找我调查。那时警察已经全部掌握了谁是信徒。可能把名册搞到手了。这样，我接受了近代以前式的盘问。“你能够踏麻原彰晃的像吗？”——居然说出江户时期踩圣像①那样的话来。当时我深深感到警察局是很可怕的地方。

九五年北海道发生“全日空”劫机事件时警察也很快找来：“喂，你知道什么的吧？”时不时来一次，我简直成了被骚扰者盯上的女人。无论干什么都总好像有人在哪里紧紧监视自己似的，怪怕人的。警察本来是保护国民的，却反过来给人恐怖，尽管我什么坏事也没干。可我总是担心弄不好自己也会被逮起来。这是因为，当时奥姆信徒一个接一个被以轻罪逮了起来，

---

① 踩圣像：江户幕府命令有天主教信徒嫌疑的人用脚踩基督和马利亚圣像的一种制度。目的在于识别其是否为天主教徒。

例如伪造有印私人信件啦等等。随便捏造个东西抓人。我也可能难以幸免。

电话也动不动就打来，问什么“奥姆没和你联系吗？”其实在那里老实不动大概就可以了，可我也够傻的，即使到了那种状态，对奥姆的好奇心也强烈得不得了，特意跑去大阪，和在修行站里的萨马纳（出家信徒）说什么话来着。在警察严密警戒状态下问人家：“你现在到底是怎样一种心情？”还把那里的奥姆机关刊物《阿奴塔拉·萨查》买几本回来。那时奥姆的书和杂志在书店已经搞不到手了，所以很想知道那上面写的什么。结果，刚一走出修行站就被两个警察控制了，问我：“在修行站里干什么了？”一来害怕，二来嫌麻烦，就甩开他们逃了回来。但这样一来，给警察盯得更紧了。

——当时你认为地铁沙林事件是奥姆制造的吗？

是的，心想肯定是奥姆干的。尽管这样，还是按捺不住对奥姆的好奇心。为什么有好奇心？在社会打击下，哪一家书店都不卖奥姆的书什么的了，却仍然一本本推出机关刊物——我想自己是对教团的这种“体质”或者不屈不挠让人发憷的生命力怀有好奇心。那是什么样的呢？萨马纳现在实际上在想什么呢？我想知道这些。可以说，那怕是新闻记者式的眼光。看电视，上面也根本不报道这个。

——对地铁沙林事件本身你是怎么感觉的?

那是不可以的事，是不能原谅的。这点没什么可说的。只是，对麻原彰晃和底端一个个信徒，必须分开考虑，因为底端信徒并不是全都是罪犯。底端信徒有的人还是怀有真正纯粹的心的。那种人我知道很多，他们是蛮可怜的。归根结底，那些人是不为社会体制所容纳的人、合不来的人，或者被从中排挤出来的人——那些人进了奥姆。我喜欢那些人。还是可以交朋友的，和那些人。同世上过普通日子的人相比，我对他们产生的亲密感要大得多。所以我认为坏的差不多是麻原彰晃一个人，全都集中在他身上。麻原还是很强的，有很强很强的力量。

但不可思议的是，再三再四同警察接触的时间里，居然觉出亲切来了。起始只是感到害怕、发憷。可是一来二去，渐渐产生了朋友般的感觉。知道电影《鬼马小精灵》里面的恶魔吧?尽管刚开始时是吓人的家伙，可是在反复接触过程中竟然要好起来。和那个同样。所以后来当对方问“怎么样，奥姆那边寄来什么没有”的时候，我就把手头的东西一件不留地递过去:“喏，来了这样的东西。”见我这么做，警察也相应带着诚意热情相待。这么着，我开始认为警察里边也有纯粹的人、诚实的人，他们也全都在认真努力做事。因此，作为我开始这么想了：如果那些人通情达理地相求，我也必须相应通情达理地对待才行，必须以诚意对待诚意。

过年的时候，高桥的母亲来了贺年卡，上面写道："一切都是我们不对。"说起来，高桥的母亲最初也是奥姆的热心信徒来着。入教仪式也参加了。这样，我想无论如何都应该见高桥一次，有很多很多话想和她说。对警察我也这么说了："我很想见见这个人！"甚至把那张贺年卡也给警察看了。

大概警察也理解了吧，心想："那好，把这家伙当间谍使用好了。"于是，一天被××警署叫了过去，问我："想不想给警察当一次间谍？"用没用间谍这个词记不清了，反正是这样的意思。总之是希望我进到奥姆里面找出情报告诉警察。我当然没心思当间谍，作为我只想跟奥姆的人接触。不过嘛，一来已经上船了，二来和警察也要好了起来，就想那也没关系，试试吧。

我么，的确是个轻率的人。孤独，没有朋友。在公司里也一直是小工，总是被吼来吼去。哪里也没有人正经搭理我。所以，当警察真心求我"好好干，争取把情报搞来"的时候，我高兴得不得了。即便对方是警察，如果能把情报搞来也是求之不得的。同我公司（运输公司）的人几乎谈不来，朋友当然没有交上。奥姆的人也没有了，高桥也出家下落不明了。我说"干一下试试吧"。这下子糟了。

——就算给警察当间谍，你也得不到什么吧，能有所得吗？

作为我反正就是想和高桥取得联系，想把她拉回来，不是当什么间谍。作为我的心情，是设法和奥姆的人接触。可要是不和警察合作做那样的事，我也难免被看成奥姆方面的人，我怕那个。那样一来，我也可能被当成现行犯。相比之下，还是索性在警察认可下行动会顺利些。作为我想说服更多的信徒——哪怕多一个也好——返回这边。说到底可能有些狡猾，狡猾啊！

——狡猾不狡猾倒也罢了，问题是太麻烦了！

是麻烦。可是就这么听之任之，高桥够可怜的，当时脑袋里全是这个念头。如此下去，她也肯定被当成罪犯。可问题是，就算想说服她，也不知她在哪里。如果这时候跟警察合作，说不定能得到她的消息，我是这么想的。但归根结底，她还是下落不明。时不时问一句，警察好像也没掌握，只知道她仍在出家。或者知道不告诉也不一定。

但不管怎样，我潜入奥姆的计划没有实施。这是因为，奥姆的福井支部也好金泽支部也好，都没有了。总之北陆的奥姆毁掉了。即使有间谍也派不上用场了。

——结果上还是那样好啊！对了，对诺斯特拉达穆斯的预言有兴趣？

极有兴趣。我现在三十六岁（采访时），诺斯特拉达穆斯对我们这代人影响非常大。就我来说，就是按照诺斯特拉达穆斯的伟大预言安排人生日程的。我有自杀愿望，想死，想马上一死了之。但还有两年才到末世，尽量忍到那时候吧！也想以自己的眼睛看看最后到底发生什么。因此，对设定末世的宗教也极有兴趣。除了奥姆，我和“耶和华的证人”的人也有接触，时常交谈。那些人的话倒是乱七八糟。

——所谓末世，就是说现在这里存在的制度荡然无存？

重组。对于按动人生重组按钮的向往。我大概是通过描绘那个来获得精神净化或心灵平和的，我想。

最近看一本书，得知就宫崎事件采访了小学生，有孩子说宫崎那个人脑袋好使，知道人去什么地方，所以认为他无论干什么都行。看得我胆战心惊，孩子居然都那么认为！我想有不少人在心中觉得这样的世道不会永远存在下去，尤其年轻人、孩子们。

“对我来说，尊师本应是最终解答疑问的人。”

寺畑多闻（一九五六年生）

寺畑君现在仍是奥姆真理教的信徒，和几名同伴一起在东京一座双层公寓楼里生活。知道对方是奥姆信徒而愿意接受的公寓几乎没有，但这里的房东颇能理解，说："既然（为了回归社会）无处可去，那么住到我这里来吧！"可是，有奥姆信徒的地方似乎蟑螂增多，采访时间里就看见不少在榻榻米上跑来跑去。房东想必也很为难。附近的人知道他们是奥姆信徒，还都冷眼相看。

一九五六年生于北海道，父亲是公务员，工作调动频繁。有一个弟弟。从外表看是个普普通通的孩子，但从小就不断沉思"自己为什么活着"这样的倾向可能是奥姆信徒的一个模式。作为思想，走的路线是从哲学到佛教，又到西藏密教、奥姆真理教。当过小学、初中老师，三十四岁时出家。地铁沙林毒气事件发生时在防卫厅工作，负责清洁器的维修。

现在每星期做一次家庭教师，好歹可以糊口。"不能介绍个学生给我吗？"他笑着说。看样子人非常老实认真，想必曾是个好老师。提起在教团设施里教信徒的孩子们时的事，脸上绽开笑容。

房间里有个小小的祭坛，摆着"麻原教祖"的照片和"林波契猊下"（麻原被捕后被视为"新教祖"的男子）的照片。

小学到高中一直在北海道，大学也还是北海道的大学。倒也不是特想当老师，但让母亲说来，"你怕是只能当老师"（笑）。进大学前已在家待了两年。一年身体不好。有一段时间心里有哲学性困惑，整天闷闷不乐。去医院一看，血压高达一百八十，就在家里疗养。吃了降压药。是啊，是喜欢沉思那类性格，对周围也很介意。"哲学性困惑"那东西，就好像一方面知道自己"必须这样做”，另一方面有个做不到的自己，于是陷入自我厌恶之中。我想自己还年轻，不会通融。

专业是小学教育，在研究室学教育心理学。所以选择小学，也是因为喜欢孩子。与此同时，我身上存在以自己的力量无论如何也解决不了的问题，那就是不知道自己该怎样活下去。于是我产生了这样的念头：在考虑这点的时候，孩子们说不定会反过来教自己。教的同时又被教。

从大学出来，在神奈川县一所小学找到了工作。地方考试千叶和神奈川都通过了，去哪里都可以，但我选择了神奈川。离开北海道没觉得怎么难受，搬家也习惯了，无论去哪里，我想都能交上朋友。小学在××市，算是乡下吧。

在学校，第一年就带班了。从二年级开始，三年级、五年级、六年级。一个班四十人，一开始实在吃不消，干得走火入魔似的。起初记得最清楚的，是我第一次去学校时，孩子听说新的年轻班主任老师来了，全都这么拉着我的身体一口一个“老师”。有的说：“我赛跑跑得快，看！”我说：“好。”就“飕”一下子跑了起来，直接撞在墙上，在那边“嘤嘤”哭了。第一天刚开始就出了事。马上去了保健室。

不过在小学教书是很开心的事。差不多当了十年教员，教小学五、六年级那时候对我是黄金时代。和父亲哥哥之间也相当和气，时不时一起唱歌或聚在一起吃自己做的糕点。在教员室也没有多么不快的事。也许因为自己还年轻，大家都能网开一面。

婚事也有几桩。父亲和哥哥也给介绍来着。实际交往的时期也是有的。但因为自己心里一直有迟早出家的念头……

——这件事早已考虑了?

是的。在遇上奥姆之前就已考虑出家了。不过当时勾勒的图像是很稳妥的：六十退休，然后以隐居的形式出家……

刚上大学时我对尼采和克尔凯郭尔[①]崇拜得五体投地，后来渐渐为东方思想所吸引，尤其是禅。看了很多关于禅的书，就是所谓野狐禅。但对于禅具有的禁欲部分开始觉得有些难以理解，接着——从时期上说，我想正是从工作时开始的——对真言密教产生了兴趣，尤其对空海[②]。于是登了高野山，暑假时转了四国[③]，去京都时访问了东寺，这样跑来跑去。

日本的佛教常常被人瞧不起，说是葬礼佛教。但反过来说，毕竟忍受漫长岁月的风雪存留下来了。即使在那样的传统中也必定会有真诚实践佛教的地方。在这个意义上，我没怎么看上新兴宗教。无论看上去多么壮观，充其量也就三四十年嘛！所以自己想在真言宗中做下去。

---

① 克尔凯郭尔（Sören Aabye kierkegaard，1813—1855）：丹麦哲学家。存在主义哲学奠基人之一。

② 空海（774—835）：日本真言宗创始人，谥号弘法大师。曾入唐留学。尤工书法。

③ 四国：指香川、德岛、爱媛、高知四县。古代分别为阿波、讃岐、伊予、土佐四个藩国所辖地，故名。

在小学教了四年，突然问我去不去中学。在同一市内，和小学隔一座操场，就是对面。我不太想去，想就那样留在小学不动。但不巧赶上小学生人数减少、初中生数量增多那一时期。我有理科教员证书，作为资格倒是没有问题，但小学和中学教法本身完全不同。那种差距让我相当烦恼。更不巧的是，我送毕业的六年级学生直接成了那所初中的学生。这么着，我教那些学生相当用心。由于他们对我在小学当教师的表现都很清楚，使得我有些棘手。他们一天天成长，我却止步不动。就算当中学老师，如果转去另一地区的中学倒还不至于有什么问题，我想。

转到中学第四年，第一次碰上奥姆的书。在书店发现《玛哈耶纳》小开本机关刊物，买来看了。那还是初期的东西，大概第四期或第五期吧。书中集中写了密教性质的瑜伽部分，我对这方面知道的不多，毕竟那时连中泽新一的书还没有看，就想了解得详细些。

一个星期日，我和同事去新宿买教科书，回来乘小田急线。也巧，豪德寺东站附近有奥姆的世田谷道场。也是因为正好有时间，就想顺便去看一下。当时上祐君来道场说法，称为“波亚聚会”。波亚意思是提高大家的精神性。

听起来觉得到底有厉害地方，简洁明快，总之。比喻方法等等，尤其有强烈打动年轻人的地方。说法完后回答问题，回答确实一语中的，同对方一拍即合。

那以后过了一个来月就入教了。入教时说得很清楚：三个月或半年，看看情况再说，看是怎么回事。入教费才两三千日元，年会费也不过一万日元左右，便宜。入了教可以得到定期刊物，可以参加说法会。说法会分面向一般人、面向在家信徒和面向出家信徒三种。最初一个月去一两回道场。

入教时我没有特别大的个人问题。只是，不管处于多么好的状态，都觉得身上好像开了个大大的风洞，反正心里凉飕飕的，总是填不满。一般从外表看来，什么问题都不存在。出家时周围人都那么说来着：到底有什么问题？不是什么都没有的吗？

——我想，任何人一生当中都难免有难受、悲伤或消沉的时候，就好像要从根本上动摇人这一存在似的。你没有这样的体验吗？

强烈的没怎么有。怎么说呢……想不起来啊。

夏天去刚建成的富士总部住了三天两宿。但认真去道场是从那年（八九年）秋天开始的。每个星期六晚上都去，星期日回家，如此周而复始。平日在自己家里一个人修行。如果特别受到夏克提帕特[①]，就要为此在一定程度上调整身体。精力转移这东西是很微妙的，修行时必须聚精会神。或做亚瑟纳（瑜伽），或练呼吸法，或进行简单冥想，一般要用三个小时来取得二十个单位。坚持做的过程中，到底可以明白自身的迅速变化。对各种事物的

① 夏克提帕特（Shaktipat）：大乘瑜伽行法中的一种“密授心法之式”，意即“正授行法。”

考虑变得肯定、积极起来。确实有所改变。

道场里的人都够认真。诚实的人居多。当“师”的人也好指导的人也好，都很诚恳，感觉非常好。只是，就对外应对这点来说，怎么说好呢，要是再灵巧些就好了——这种地方是有的。啊，现在也还是有。喏，学生刚就业的时候有时会愣生生的吧？没社会经验是去不掉的。和这个一样，不了解社会的学生直接闯进来那样（生硬）的印象很强烈。

我想为出家辞去学校的工作，就找校长说再干三个月辞职。同据说是奥姆高徒的人也商量了，对方告诉我用不着那么匆忙做结论，再接着干一年大体尽了责任后出家不迟。虽然我心中有许多困惑，但经他这么一说，还是决定就这样再坚持一年。

不料，随着修行的进展，出现了深入“无影”（astral）状态的潜在意识。现实感渐渐稀薄起来。按理，有这一状态的时候必须同现世隔离。要是暑假期间出现潜在意识就好了，但不巧是暑假前出现的，大概六月中下旬吧。举个极端的例子，就是教理科的，做实验时有时甚至忘记自己是放了化学试剂还是没放。因为现实感消失了。记忆模模糊糊，判断不了自己做的事是梦境还是现实。

意识去了那边，接下来必须返回这边才是，但很难顺利返回。这在经典中也有：到了那一阶段，就会出现那种分裂性的东西。就是说我到了那一阶段。那样一来，自己身上就失去了能够依赖的可靠东西。就我来说，有“自己置身的状况是这样的”的自觉还算好的，而弄不好，没准得上精神分裂症。这么着，我渐渐害怕起来。对那样的状态要果断治疗才行，问题是去精神科医生那里也没用，只能在修行中进行。这样一来，就还是非出家不可。既然自己身上没什么可依赖了，那么往下就只能依赖教团。况且我本来就是考虑早晚出家的人。

再次找校长提出辞职。教师在学年当中扔开工作是很不得了的事。校长基本能体谅我的立场和心情，准许我以请病假的形式请到暑假结束。但实际出家一看，得知不可能那么顺利地来来去去，就相当勉强地一走了之。所以，连招呼都没怎么打。这方面给学校添了不少麻烦。即使人家骂我是“不负责任的家伙”也是情有可原的。

出家是七月七日的事。学校工作要到七月底。出家时跟父母也联系了。父母马上来了。六月底的时候我已经请病假不上班了。父母大发脾气。作为我费尽唇舌说服他们，但根本说服不了。无论怎么说都说不拢。父母早就知道我对佛教感兴趣和做这方面研究，但他们不认为奥姆真理教是佛教。我就解释说，别看那个样子，从根子上无疑是佛教的。啊，从外表看，那么认为也是没办法的。奥姆有这种地方。

父母叫我马上回北海道：“是回北海道还是去‘那边’，现在就二者选其一！”还说年轻时候干什么都能从头做起，可过了三十再说重来可就没地方去了。我也很烦恼。但回到北海道老家也只是一如既往，什么也没解决。处于这种（精神危机）状态中，我想还是只能走佛教这条路。于是直接出家了。不过当时作为我相当苦恼来着。

还有，老师里边有个和我要好的同事，那家伙每天都拿着啤酒来我家，哭着劝我别去那里。但我要做的事是从小就一直追求的东西，只能这样跟他说："对不起，就让我做一次好了！"

出家没几天就去了阿苏的波野村。在这里干土木工程。那正是教团设施刚封顶的时候。工作是够辛苦的，但也蛮有意思。这是因为分配的工作和以前做的事完全不一样，同时使用的是大脑中截然不同的部位，这让我感到新鲜。之后返回富士，在那里干了各种各样的活计。接着去了上九一色村建第二修行站。分配在钢筋班，给钢筋工打下手。

出家最初时期据说要"积功德"，主要是无偿干这种苦力活儿。修行多少也是做的，但几乎都是劳作。不过同当老师不同，可以不考虑人与人之间的隔阂什么的，也没有责任那样的东西。就像公司中最低层的新来人员似的，把上边交代的事一件件干完就行了。精神上轻松。

不过么，父母也说了，对三十过后从社会现实价值观中滑落下来这点，我不能不多少感到不安。这要是不行可怎么办呢？但正因为这样，另一方面才要修行，只能拼命修行，倒退是不可能的——这种心情变得强烈起来。不能姑息自己。既然这么出家了，半途而废下场也很惨，一定要把重要的东西好好抓住才行。

转年（九一年）九月又去了阿苏。这回进了儿童班，工作是教全家出家的孩子们。一共有七八十个孩子。我专门教理科，另有人教国语和英语什么的。大体多是原来当老师或有教师资格证的人。编好课程表，以接近真正学校教育的形式教。菊池（直子）也在教育班教音乐来着，那个人是教育大学出来的。

——*在那里，宗教性质的教育也搞了不少吧？*

国语课中，以经典为中心的教科书是用来着，但理科和教义没多大关系。理科弄成“奥姆流”或采取那类教法是多少有问题的，就问开祖（指麻原）怎么办好。他说“理科即现世，怎么都无所谓”！就再次问那样真就可以吗？（笑）所以相当有意思的。我用电视节目的录像作教科书使用来着。另外还照样用了自己过去教的东西，按自己的想法编了课程表。有趣的，这个。这当中从阿苏转到上九。孩子们这里那里转来转去。开祖的孩子也教了，时不时（开祖）打招呼说：“好像蛮开心的啊！”不过，教孩子们大约教了一年，那以后就进入修行了。

如果仅限于宗教性东西来说，尊师肯定是相当有力量的人，我还是绝对这样认为的。见了对方因人施教也很巧妙，精力也非常充沛。很久以后我转到防卫厅那个地方，在那里搞清洁器那种和空气净化器的安装和维修。由于这个关系，每星期定期去尊师府上两三次。尊师小汽车的清洁也是我负责的。那时候直接听他说话，这个那个说了很多有启示性的话。我听了，觉得这个人实在是为我的成长在认真思考的，这点切切实实感觉到了。那种形象和现在公审当中的各种表现相比，是有很大差距的。

审判词中常说什么对尊师的命令必须绝对服从，但就我个人情况来说，如果对他的命令理解不了而请示说“这个是不是这样”的时候，有好几次他都改变态度：“知道了，那么就那样好了！”如果提出意见，他都会变换方式，以便使我理解。所以就我来说，没有感觉到他的独断专行。

——或许因命令的种类、命令的对象不同而态度有所不同。

那我不知道。说丛林中也好什么也好，每个人都有各所不同的对尊师的印象，说法大概也不一样。

——对你来说，尊师麻原曾是怎样的存在呢？说起来都是（GURU）、智者，但每个信徒对他的印象多少有所不同的吧？

对我来说尊师是精神上的领袖。这和预言什么的无关，就佛教方面的教义来说，他本应是最终解答疑问的人。佛教这东西，无论怎么读原典，也不过是字面罢了。一个人就算读原典读得再详细再深入，那也是自以为是的歪曲——虽说不是野狐禅——不应该那样，而应该通过正确的修行一个阶段又一个阶段正确加深理解。一个阶段结束后，必须停下来再次验证种种情况，确认自己有了如此这般的进步。如此反来复去。而为了坚持下去，就必须有老师往正确方向引导。这和学数学是一回事。在达到一定水平之前，只能相信老师说的话做下去。这次记住这个公式，下次记住这样一种算式的用法等等。

——不过，在中间阶段，“这个老师果真是对的吗”这样的疑问也会出现的吧？例如哈米吉多顿①啦共济会②啦，你都能领会吗？

共济会因素我想局部上是有的。我当然也不是把共济会的话全部信以为真。但我认为是用共济会这句话来把握更广义的状况的，把握导致精神荒废的物质主义……

——奥姆真理教团中途有了性质上的变化，是吧？暴力性部分的色彩明显了。制造枪支、研发毒气、私设刑堂。对这样的转变可感觉出来了？

没那样的感觉。有那种事也是后来知道的。在里面的时候一

① 哈米吉多顿（Harmagedōn）：《圣经 · 新约 · 启示录》中所说的世界末日善恶决战的地点。转意为最后总决战。

② 共济会（Freemason）：1717 年在伦敦成立的具有世界规模的博爱主义组织。起源于 18 世纪启蒙主义精神，以和平和幸福为宗旨。会员不乏各国政界、知识界精英。

无所知。不过，在里面的时候感觉出外压增强了。情况不妙或身体变糟的人也增加了。这么说或许有点儿那个，反正间谍那样的人也不断进来。

——实际谁是间谍，能直接看得出来吗？

看不出来。不过有公安紧紧贴着，理所当然该有相当数量的间谍进来。

即使地铁沙林事件社会上认为自始至终都是奥姆干的，但在我看来，犯罪主体的确可能是奥姆，但此外还有各种各样的人、各种各样的团体在这里那里参与进来。但那种事实如果弄清楚了会成为大问题，所以就想这样过去——我觉得是有那种意志发挥作用的。当然，证明这个是有困难的……

——那怕是有困难的。不过还是说回教团里面的生活吧。教团里的生活是淡淡的吗？

不，相应的纠葛也还是有的。就拿最初去的阿苏那时来说，有的事都让我大吃一惊：浪费怎么这么多！好不容易刚刚建成的建筑物马上就拆毁了。说是建成的东西不合适，就一下子拆毁了。这样子，岂不简直成了校园文化节了？文化节的模型什么的是大学拼命建造的，用完就三下两下毁掉了。和那个同一回事。

在学校的各种活动中，校园文化节是最花钱的。可那又为什么要搞呢？那是因为大家齐心合力做的过程中可以学到很多东西。比如人际关系的处理方式啦各种技术啦等眼睛看不到的要素。为了这个拼命建造，然后毁掉。修行这东西，在某种意义上也是这么回事。在那种共同作业当中，自己的心的状态很快浮现出来。

——仅仅因为计划随意也不一定。

那也可能是的（笑）。不过，那怕也是没有办法的。那个只能作为那个接受。日本的企业不也多多少少都是那个样子的吗？

——可是，修了水库又马上毁掉的企业是没有的哟！

啊，倒不至于弄到那个地步。

——没有人对那种随意性抱怨或发牢骚吗？

有的。有人说有人不说，各种各样。

一段时间参加过村井君领导的科学班。那时想做大鼓，研究猪皮的鞣法，要鼓鼓捣捣搞很多名堂。又是去皮革研究所研修，又是调查木头用什么样的好，什么都要从头学起。完全不知道到哪里去找适合做大鼓的木头。结果差不多半途而废，随便对付一下。后来搞的是——刚才也说了——清洁器开发，总之就是极大的空气净化器。

另外，也因为同清洁器有关，转到了刚成立的“防卫厅”。九四年的事。厉害吧？听名字（笑）。从土木到科学，再到防卫厅。我是当游戏干的。基本和小学分班一样，大家来定角色，有的孩子当“总理大臣”什么的。至于建立真正的国家，那种事想都没想。

我干的是清洁器维修。一共做了六十多个带室外机的巨大的清洁器。这东西由室内用进化到活性炭了。所有的维修都由我们自己干。说痛快些，那东西维修起来比制造麻烦。故障多。漏水啦马达不转啦等等。

——有沙林计划的第七修行站也有清洁器吗？

那里我没进去。如果进去，我现在肯定不在这里了。

九五年三月二十日，地铁沙林事件发生当天，我在第二上九等待警察来强制搜查来着。那时已经知道要来强制搜查了。媒体也来了几个人，我想。但上午九点还没来，就以为今天不会来了，开始工作。结果一开收音机，里面说东京那边地铁发生异常情况。啊，本来是不可以听广播的，是不知不觉打开的。我就跟身旁同伴说这怕也要找到奥姆头上。强制搜查蜂拥而入是大后天的事。

——你现在认识到奥姆教团一部分人制造地铁沙林事件这点了吗?

认识到了。刚才已经说了，虽然作为我现在仍有费解的部分，但既然当事人已经那么招供了，正在公审，那么想必是那样的。

——关于麻原的责任你怎么看?

如果有责任的话，那是应该用法律制裁的吧。只是，如我刚才说的，我心目中（关于麻原的）部分同在法院里的现在的麻原之间的差距实在太大了……作为（GURU）、作为宗教家，（麻原身上）还是有特别的东西的，所以，现在想关注下去……

加入奥姆真理教之后得到的美好部分，我身上也是有不少的。但那个是那个，坏的地方必须作为坏的地方彻底清算。眼下我正在做这个，在自己身上。至于往后到底怎么样，老实说，我不太清楚，包括我自身会怎么样。

只是，在一般人的印象中，佛教和奥姆真理教是截然不同的东西。如果仅仅用“精神控制”这个词来概括的话，那么我想说至少不是那么简单。说得夸张些，因为那是我从二十几岁到三十岁一直以“实存”追求的东西。

——西藏密教的修行是以导师和弟子一对一的关系，以绝对皈依进行的吧？但这样会如何呢？例如本来很好的为师之人中途因为什么而变得怪异起来——在这种情况下，以电脑来说，因为感染病毒而功能变得莫名其妙的时候，是没有对此加以监控的第三者性质的系统的吧？

我不知道。

——这样一来，那里就会有本来的危险性，对吧？毕竟是绝对皈依。这次幸好你没参与事件，但从理论上追究下去，假如导师命令你为了修行把谁除掉，你是不能不那么做的吧？

这个地方，弄不好怕是任何宗教都牵扯到的地方。不过，即使命令我那样做，我想我也是不会做的。唔——大概还没有皈依到那个程度（笑）。我没有把自己的全部托付出去。反过来说，或者该说我身上是有那种类似懦弱的东西的。此外，我这人的性格，不管什么都要自己想通才能动。也可以说是常识吧。

——那么，如果使你想通了，或者照做也不一定。“寺畑，其实是这么回事。所以，这里必须除掉。”——如果被这么彻底说服了，那会怎么样呢？

啊，不太清楚啊，不好说什么。唔——到底很难啊！

——我想了解的是，在奥姆真理教这一宗教的教义中，自己这一存在被置于怎样的位置这点。修行过程中，究竟哪里到哪里交付给教主，哪里到哪里由个人管理？这部分听你说也没看清。

自己这东西是不受任何干涉而独自成立的——实际上这是不可能有的。那要置于各种环境的影响下，或者置于经验、特定思考模式的影响下。而这样一来，哪里到哪里是纯粹的自己这点就搞不清楚了。佛教是从自己认为是自己的东西其实不是真正的自己这一自觉开始的。距离所谓“精神控制”最远的，实际就是佛教。有可能接近苏格拉底的“无知之知”。

——自己这东西，分为表层部分及其深处的无意识部分、黑匣子那样的部分，这个说法是可以成立的。而且，某种人将打开黑匣子视为旨在探究真理的一项使命。这或许接近你所说的“无影”……

所以作为了解那个的手段而冥想修行这个东西，就是说要接近自己心中最深的部分。从佛教观点说来，潜在意识的深处有类似一个个人的本质性扭曲那样的东西，要把它矫正过来。

——我认为，人这东西应该同时进行打开黑匣子和把它整个吞下去这两项作业。否则，将在很多局面陷入危险。但是，听现行犯们的发言，觉得没能做到这一点。就是说，没有解析和直觉的同时存在。再说深一点，只进行解析，而把直觉暂时托付给谁不管了。对事物的看法变得极其静止（static）。所以，被拥有力动主义（dynamism）的麻原下令干什么，恐怕就很难说No。

这方面怎么把握才好，我不太清楚。但您说的我好像可以理解。就是指智慧部分和知识部分吧。

不过么，另一方面——同这一事件完全无关——为了自己心灵的成长和解脱而认真地拼命努力的人也是有的。当然，毕竟作为教团干了坏事，那也是没办法的。这么说就没什么好说的了。问题是实际什么坏事也没干的人因为不值一提的轻罪而被逮捕或在各种场合遭受歧视。拿我来说，我去外面走也有警察跟随。想找工作也这个那个麻烦多多。离开教团设施的人连住处都找不到。媒体单方面想散布就散布什么。这种事情体验起来，对社会就越来越不能信任了。

说是抛弃教义就肯接受，可出家那样的人作为动机是纯粹的，或者在某种意义上、精神上有懦弱之处。说实话，如果在家照常工作就能修行来提升自己的话，那是再好不过的。但因为行不通，所以进入出家这暂时性隔离状态。说现世羁绊也好什么也好，反正那些人在这类问题上还是有抵触的。

我们的体制也有相当大的改变。从基本地方改变的。在外人眼里或许丝毫没变，但内部做了很多变革。总想返回从瑜伽阶段开始的最初的形式。也许被人说把开祖的孩子直接弄成开祖岂有此理，说我们根本就没反省……

——我倒不认为岂有此理。但是，没有以正规形式就自己干的事加以总结也没有反省没有道歉，就那样子不明不白地继续活动，我想社会上任何人都不会理解的。“那是别人干的事，教义基本是没错的，我们也是受害者”——我想事情没这么简单。教团的性质也好教义的构成方式也好，其中应该包含危险因子。我认为教团有义务加以总结并公诸于世，在此基础上进行自己设想的宗教性活动不就可以了么？

虽然不是全部，但我想一点点搞一个中间报告，完全彻底的总结是无论如何也做不来的。可是没有发表它的媒体。如果有错误的地方，我们也希望痛痛快快告诉我们。但日本的佛教界不摸不碰，一言不发。

——那大概是因为你们只想用你们的话语和文法说话的缘故吧？要能够用普通话语、普通逻辑对普通人说话才行。如果想居高临下说话，谁也不会听的。

哎呀，难啊！用普通话语说怎么说呢（笑）？不过么，反正已经给媒体单方面说成那个样子了，说已经什么都信任不得也好什么也好，总之厌恶感先冒出来了。不管说什么，一上媒体就成了截然不同的文字。肯传达我们真意的媒体一家也没有。在这当中即使叫我们诚心诚意地说，老实说，那是很难的。啊，说我们努力不够那也是奈何不得的，的确有这样的地方……

只是，要说能够总结到什么地步，那还是要看关键的麻原开祖本身，他还几乎没有讲述其真意。关于这一事件，我想到底都要归结到那里。在那种状况下，我倒是打算尽自己一切努力，但要把整个事件的前前后后说得让世人明白，那其实是相当困难的。

我还这么留在教团里，但请你理解，出去的人也并不认为教团百分之百不好，留下的人也并不认为教团百分之百正确。在两种都不是的 fifty-fifty（半对半）的摇摆中退教或留下的人也有很多。所以，并非像媒体所描绘的那样留下来的都是铁杆信徒。相反，麻原教的人基本都出去了。

在困惑当中脱离教团的人说不定明天回来，在困惑当中留下的人没准明天一走了之。这个那个大家深感苦恼。离开的人从个人角度跟我商量的时候也有。眼下我倒是多少有点儿余地，但有一阵子老是想怎样才能回归社会来着。

现在靠临时当家庭教师生活。和住在这里的人互相帮助，过集体生活。一起住的同伴现在干土木建筑方面的零工去了。倒是说如果村上先生来，想见一见，但因为打工出去了（笑）。感觉上好像大家都在打零工。隔壁房间的当卡车司机。这个干很长时间了。如果说自己是奥姆信徒，绝对找不到工作，所以瞒着没说，当然。

这个房间我们每月付四万两千日元租金。淋浴有，但没有浴缸。除了房租几乎不花钱。电视不看，吃饭外订。嗜好品一概不买。此外水电费要多花点儿。这样，两个人一个月生活开销六万日元左右。如今的学生一个月都要十万日元的吧？我们都这样过最低标准的生活。

媒体报道奥姆正在积极开始经济活动什么的，没那回事。当然，ALEPH 那家同奥姆有关的公司还在继续，但由于警察横加干涉，经营不容易。出家信徒中有不能外出做工的老年人，病人也有。那些人必须由我们照顾。他们的伙食费也好什么也好，我们是要保证的。因此，老实说，经济上并没有余地。

——你教过的孩子们现在怎么样了？

大体全部返回（社会）了，在普通学校学习。打零工是养活不了孩子的，所有父母们都不再出家，正式工作了。找到工作估计也是很不容易的。

至于孩子们怎么样了，具体我不清楚。很多是父母硬从学校拉开领走的，可能有的孩子留有心灵创伤。现在也有处于拉离状态的。不过，那些孩子本来就够顽强的——说顽固也好——在里面教起来也很伤脑筋来着。所以，现在说不定很顺利（笑）。唔——为什么那么顽强呢？不明白啊。反正和外面的孩子不同，精力充沛得很，简直就像往日的调皮鬼似的。不听我的，束手无策，伤脑筋。

我们的指导方针本身是不能过于使用打骂那样的暴力手段。好好商量着从理论上说服对方是我们的基本方针。比如说，我们既是出家人，如果自己不遵守出家人的戒律，说服力就根本无从谈起。这和自己吸烟却让对方别吸烟是一回事。孩子们对大人的这种地方是看在眼里的。好像领到哪里一座设施去了，但接收他们的那个设施的人想必也焦头烂额（笑）。

（寺畑先生后来脱离了教团）

“这已接近人体实验了。”

增谷始（一九六九年生）

一九六九年出生于神奈川县。父亲是工薪人员。原本是“极为普通的家庭”，但在家里渐渐产生隔阂感。一来二去，几乎不和家人说话了。对体育和学习都丝毫没有兴趣。但喜欢绘画，从小学开始就进美术部活动。

在大学学的是建筑设计。本来对宗教性质的事情没有多大兴致，但在被几个新宗教打招呼后开始有了兴趣。在听各自介绍的过程中，最吸引他的最后是奥姆真理教团，于是入了教。

地铁沙林事件发生不久前由于批判教团运营方针而被关进上九一色村的单人间。感到自身有危险后逃走。结果被教团开除教籍。

考虑问题倾向于确立逻辑。因此，基本上对奥姆真理教采取批判性态度，但对于能想通的方面则予以肯定。修行过程中经历了若干神秘体验，而对于世间所说的“超能力”和末世思想、共济会“阴谋说”则几乎没有兴趣。对于后来朝那一方向发展的教团变化，从在教团内部时就有不谐调感，只是，尽管怀有那样的疑问和失望，但在自身危险作为现实的东西迫近之前，很难下决心脱离教团。

眼下隐瞒“原信徒”这一事实，靠打零工独自生活。长时间吐露了自己的心情。

对于人生并没有怀有多么大的不满，也没感觉出困难。不过，对于自己在这个现实社会中这么活下去这点总觉得好像有什么“不足”。对艺术有兴趣，在绘画上投入很多精力。但是，想到只是这么画几张画来多少取得一点儿收入平平淡淡度过人生，就实在感到兴味索然。在这当中，上大学时在书店发现奥姆方面的书，翻阅之下对书的内容产生同感，开始认为较之这么绘画，说不定转向宗教性实践更能接近自己身上类似自证性（identity）那样的东西。

最初去奥姆道场是在京都。偶尔一个人去关西旅行时得知在京都开了道场，心想正好，就顺便去看了。道场非常俭朴。设在出租公寓里边，祭坛也简单得不得了。看上去没有像哪里的“既成宗教”那样大把花钱，当时感觉相当清廉。穿的衣服也非常朴素。松本（麻原彰晃）也来，也有机会听他说法。

松本说的内容，老实说，听不太明白（笑）。也是因为旅行累了，听着听着睡了过去。但说法本身让人感觉有很强的流势那样的东西。印象中好像讲的有些深度。那时我的注意力莫如是在艺术直觉和神秘性愉悦方面，没怎么从逻辑性上思考。

说法结束后，让希望详细交谈的人留下来，我就留了下来。同据说解脱了的村井秀夫进行一对一交谈。村井本身没有什么神神道道的气氛，看样子只是带有普通空气的一个修行者。就身体什么的这个那个说了一遍，然后——如今想来是奥姆的常用手法——提出：“那么，入教好吗？”去那种地方的人大多是本来缺少什么的人、寻求什么的人嘛！说起来，道场气氛也不坏，加上对方无所谓似的劝我入教，就顺水推舟，当场填写了一张表格。入教费三万日元。当时没带钱，回东京后给的。那是大学一年级时的事。

过了不久，开始去世田谷的道场。干的全是散发教团传单的事。同修行相比，据说还是先做这种活动“积功德”来得重要。赶去道场，那里已把东京的地图分成几块，今天决定在这个地区，晚上开车过去散发传单，“你在第几号街”——就是这个感觉。这么着，我就转来转去往人家信箱里塞传单。干得相当热心。一件事干完时，有一种充实感：啊，活动身体好舒服啊！于是当时心想因为积了功德，所以尊师送来了活力。

——归根结底，散发传单比上学有趣。

或者不如说人生的方向性已经整个变了。就算建筑设计学得再好，将来工作再顺利，如果就那样为止，不也是无奈的吗？相比之下，如果能通过不断修行而最终获得解脱，那应该还是这样好——我开始这么考虑了。

——那个时候就已经对现实生活失去了兴趣，把人生目标换成精神达成那样的东西——这样认为可以么？

是那样的。

——为那种本质性疑问感到苦恼的人，从年轻时候看各种各样的书，接触各种各样的思想，并且不断验证，从其积累中选择某种思想体系——这样的模式我想是有的，但你不是这样。相对说来，看上去似乎是情绪先行，一下子进到了奥姆里面。是这样的吧？

那方面恐怕还是因为太年轻吧？或者说在接触种种思想之前碰上了宗教。

不管怎样，上大学和奥姆同时进行渐渐变得困难起来，比重无论如何都往奥姆方面斜倾。课不怎么上，学分拿不够，眼看就要留级。那阵子，跟松本见面时，他说得直截了当："你出家好了！"也是因为那正是微妙时期，就想直接出家算了。

那玩艺儿叫秘密瑜伽。松本坐在中间，周围坐几个高徒模样的干部，自己坐在那前面，或单独咨询或忏悔什么的。那时还在做那样的事。一般信徒也能直接交谈。啊，当时正是为了扩大教团而尽量增加萨马纳（出家信徒）人数的时期。所以我想，较之深入考虑我的事情而叫我如何如何，恐怕更是出于增加出家人数的目的。同伙也这样说来着："现世生活所以变得不顺利，是因为出现'出家 karma（业障）'的关系"。那以后很快出家了。那时已彻底同奥姆情投意合，对出家几乎没有什么犹豫。既然师父叫出家，弟子出家是理所当然的。那时认定松本是能够解答自己疑问的人。听他说法当中，产生了那种信赖感。

还是出家前的信徒的时候，那次众议院选举活动也做了，适当帮忙来着。那是师父的意思，在力所能及的范围内做了他交代的事，但对选举毫无兴趣。做的每一件事都让我觉得莫名其妙，或者像感觉错位似的（笑）。但对我来说，不管怎样，最重要的都是"解脱"，简单认为其他事象和本质没什么关系。即使有同自己感觉不相容的东西，也认为自己的感性和想法并非一切。认为既然解脱者说“那是对的”，那么其中很可能有自己不解其妙的东西。奥姆信徒那类人，都好像有这样一种思考方式。认为虽然自己不懂，但那里边可能有某种深意。

家人反对来着。但在自己心目中家这一存在本来就很淡，所以没发生什么纠葛。大学退了，宿舍退了，东西处理了，进了教团。最先去的是富士山总本部。能带的东西的量是有规定的，只限于两个衣箱。此外光身一人。这是九〇年的事。总的说来，我想我是初期的出家信徒。

接着被送去阿苏的波野村。那时地面上还什么都没有，必须完全从头开始建筑作业。首先是劈山平地，体力活儿。大概是因为上大学时学的是建筑设计，所以分配我干建筑方面的。虽说是建筑，但学校搞的只是制图。放着身强力壮的人不用，却挑我去，我以为可能是误解，就说这怕是不对头吧。但还是对我说：“反正去就是了！”结果只干了一天野外作业，我就对上司纳罗帕师（名仓文彦）明确表示：“这活儿我干不来。”我没有体力，那种劳动没办法。于是被分去了生活班。负责准备伙食或收拢要洗的衣物什么的。结果周围人对我直皱眉头。生活上花了相当时间才习惯。但我很努力，认为完成 GURU 交给的课题就是皈依。后来渐渐习惯了，开始觉得这很普通。

中途离开的人也很多，阿苏那时候的活计很艰苦，很多人离开回去了。但我想现在回归现世也无济于事了，就直接留了下来。或者不如说那里有那里的满足感。食物叫“奥姆食”，把相当旧的旧米和野菜煮在一起，每天每日全是这个。这样的生活持续久了，脑海里难免浮现这也想吃那也想吃的念头。但想到所谓烦恼就是把这种痛苦包括在内的东西，就克制自己，不让自己受这类东西的束缚。让这样的痛苦得到升华就是修行。我本来过的就是接近素食主义的生活，所以吃的东西倒没怎么让我感到痛苦。不如说由于不受现世这样那样的羁绊了，生活过得很释然。

在波野村住了多长时间呢……没有日历那个东西，日期感觉根本谈不上。我想住了相当长时间。长期待在那种封闭空间中，过一成不变的俭朴生活，潜在性焦躁就多了起来。那种走投无路和追求解脱的心灵之间有相当多的纠葛。

后来因为参加动画班被叫到富士山总本部。那时阿苏已不再是教团的中心活动据点，完全成了废弃场所。因此老实说，能从阿苏出来是很高兴的。在动画班画动画用的画。不料那种动画相当粗糙，怎么这个样子呢？感觉上。其实是用动画说明松本具有如此这般的超能力，比如空中飘浮什么。写实倒也罢了，可是给人家看这种动画，我想谁都不会相信的。实际上出来的效果也不满意。从这时开始接触松本的机会多了起来。在那过程中，我对松本、奥姆渐渐产生了不信任感。

那以后做了种种样样的工作，过了不久，麻原彰晃来了指示：“你进入修行！”所谓修行，就是教学、冥想，还有立式礼拜。修行有精神上感到充实的部分，但可以说还是辛苦的。除了上厕所和吃饭，一整天一直坐着不动。睡觉也坐着。几点到几点教学接受测试，几点到几点练呼吸法。就这样一天天过去。

那样的修行做半月到几个月。日常感觉很模糊，想不起来了……但一旦成了“长期人”，就要持续好几年，不晓得什么时候能出来。GURU 师察看情况，或让你出去或让你继续。我时不时要修行相当长的时间。修行，然后重返工作，再进入修行，这样的生活周而复始。

——所谓层次，那是由麻原彰晃决定的么？比如说“你明天去这个层次”什么的。

是那样的。但我根本没上层次。连“神名”（holy name）都没捞到。

——可你干了相当长时间，修行也很卖力气，对吧？怎么没上去呢？

奥姆有这样一种地方，就是优先给现实意义上对教团做出突出贡献的人以解脱。类似灵性层次那样的东西在某种程度上当然也包括在评价里面，但现实性贡献是占相当大的比重的，我想。例如就男的来说，学历就很管用。东大出身的人比普通人要早些给予高度解脱啦或让做更重要的工作弄成干部啦，这种情况是常有的。女的又不一样，长得是不是漂亮有很大作用。是这样子的，和现实世界没多大差别（笑）。

在这个意义上，我想我对松本是没多大用处的人。有一段时期我认为自己上不了层次是因为努力不够。但与此同时，大家好像都有这样一种感想，觉得东大出身的人特别受尊师喜爱，身边朋友时常这么说，还说那不对头。话虽这么说，但最后还是认为想这个归终是自己有污秽啦有业障什么的，这样不了了之。因此，就算有什么疑问冒出来，也还是把一切归结为自己有污秽。若反过来有好事，就认为这是托GURU的福。

——行之有效的体制啊！说再生也好什么也好，反正一切都在内部自行完结。

归根结底，我想这是让我们消解自己这个东西的途径。

进教团之初，每个人都有自己的志向来着。但在里面生活久了，志向就一天天消失不见了。但是，哪怕再对奥姆不满，也还是认为比返回现世过充满烦恼污物的生活要好。况且，毕竟是想法相似的人聚在一起生活，精神上也还是留在那里放松。

——从九三年前后开始，教团开始变质，暴力性增加了。这方面可感觉到了？

感觉到了。说法渐渐转移到真言秘密金刚乘，越来越多的人气势汹汹地说“往下搞真言秘密金刚乘”。在这当中，我感到自己跟不上这种（为了达到目的）不择手段的教义了，感到这东西不适合自己。当然，那阶段还不知道应以怎样的形式实施。修行内容也逐渐增强了异常性，日常生活中把武艺也弄进来了，教团气氛迅速改变。在这当中该怎样活下去呢？这点我考虑了很多。

话虽这么说，一来无论我怎么想，教团都硬往那个方向发展，二来已经解脱的（当时是那么认为的）松本声称那是最短的捷径，就觉得那也是无可奈何的。或留或去，二者必选其一。

而且从这时开始，修行中开始有倒吊这玩艺儿进来。破戒的人被用铁链捆腿倒吊起来。用嘴说听起来好像没什么，但这百分之百是“拷问”。被反复倒吊过程中，捆绑的腿部完全没血上来，真以为腿断掉了——被搞过的人都这么说。

所谓破戒，比如性欲破戒和女孩子发生关系啦有间谍嫌疑啦手上有漫画书啦，无非这些。我干活住的房间就在富士道场的正下面，上面有很大的呻吟声传来：“啊、啊、啊——”那完全是要死要活的叫声：“快杀了我吧，死了算了……”那是忍受不住没完没了的剧痛而挤出来的不成声音的声音。实在太让人听不下去了，感觉就好像那里的空间扭歪变形了似的。干活当中也有连哭带喊的哀求声传来：“尊师——、尊师——，救命啊，再不敢了！”听得我很有些毛骨悚然。

过激的修行当然有其相应的意义。但做到这么厉害的地步是不是有什么意义呢？内心不能不划个问号。但不可思议的是，实际被倒吊过的人至今仍相当执著地留在教团里。就是说，让他吃了那么多苦、差点儿折腾死，最后又对他说一句："表现不错啊！"这样一来，大家就认为自己通过了加给自己的考验，GURU哟，谢谢谢谢！

弄不好当然有死掉的。倒是没有通知我们，实际上越智直纪君就死掉了。不久又开始接受服药仪式。我也接受了。接受的人说大概是LSD。幻觉出现了，但作为达成解脱的手段不能不怀有疑问。

修行当中谁死啦谁企图逃走而被逮住怎么处理啦，这些消息不知不觉会传进耳朵。只是，奥姆的信徒终究是传言，没能成为情报。所以到底哪些是真的哪些仅仅是传言，没有办法确认。况且，即使作为情报有某种程度的确切性，但由于这时已经有真言秘密金刚乘教义进来摧毁了信徒的善恶观念，所以最后也还是归结为"这是救赎啊"这一认识。总之教义说"救赎前什么都会发生"。

间谍之说当时在教团内流传开来。使用测谎器到处找间谍来着。口称仪式，把教团所有成员用测谎器统统过一遍。不过说来也怪，既然GURU已经掌握了教团的一切，那么是不是间谍岂不一目了然了？连那个都不清楚，还能引导这么多人解脱吗？尽管这样，大家还是说有某种内面意义而加以默认。

有一次，我的一个最要好的朋友被关进单房——这倒跟间谍测试无关——接受调查来着。在测谎器跟前这个那个被问了很多。其中有无法理解的不愉快的问话，所以问完后他对上头的人说：“问那东西到底有什么用呢？我看没有意义。”实际上也是用不着特意确认的属于个人隐私的卑劣提问。但那肯定惹得上头恼火，事后新实智光马上对他说：“你的部门有变动，赶快收拾东西！”结果直接被关进单房。被关的理由也不告诉。从这方面开始完全变得莫名其妙起来，本来是为解脱而修行的，现在却变成了单纯惩罚的一部分，在形式上。

单房只有一张榻榻米大小。被领去的地方大概一共有十间左右。相互隔开，门外上锁。因是夏天，本来就热，但里面又放火炉进去。让人喝装在塑料瓶里的奥姆特制饮用水，在要命的酷暑中出汗，喝了变成汗释放出去——在那里做这样的修行。想必意思是把不好的东西排去体外吧。浴缸当然没有，浑身上下全是污秽，一块块直掉。大小便用便盆。头昏眼花，脑袋几乎运转不了。

——*居然没死！*

呃，能死倒还好受，真想一死了之。但人这东西，在这种情况下是相当顽强的。被送进单房的，主要是动摇的人、没用的人那一类人。至于什么时候能出来，当然不知道。于是我一开始就下了决心：好咧，在这里认真修行好了！要是稀里糊涂的，就永远也出不去了。心想在这里只能用肯定性思维方式，咬紧牙关向前迈进。

修行日课有名叫“巴尔多引导”那样一种仪式。先被领去另一个房间，手在背后铐上，一丝不苟地盘腿坐好。然后使用鼓锤那样的东西“砰砰”敲击铜锣，让阎王登场表演。并让人发疯似的狂喊乱叫，什么“我要修行、我要修行”啦，什么“我决不返回现世”啦等等。但有一天领进去后突然被按倒在“希哈”（富田隆）和端本（悟）跟前，被新实把嘴和鼻子紧紧塞住，根本呼吸不得。还说“你在舔上面”。差点儿被弄死。好久使出浑身力气挣脱出来，我强烈抗议：“人家这么认真努力，为什么还这么做？”结果勉强镇定下来，又一次回到单房。但有了这件事之后，我彻底想通了，想要认真做的时候，应该不会这样。

那以后，在单房里做了几次类似基督教那样的仪式。这已接近人体实验了。新实给药物时候的态度极端没有人性，眼神简直就像对待实验动物似的。命令“喝”时候的口气冷冰冰的，感觉非常不屑。基巴卡（远藤诚一）和巴基拉·蒂萨（中川智正）来单房查看的样子我看见了。虽然喝药喝得意识短路了，但这点记得清清楚楚。他们是来确认药物反应的，得知他们是为了做药物实验来使用被关进单房的萨马纳的。想必他们认为既然活着也没用，那么往下只能用来做人体实验积功德。这么一想，不能不认真考虑自己背负的命运。

难道可以这么死在这里吗？可以作为人体实验动物死掉吗？如果这样，恐怕只能返回现世。这实在太不像话了，太不人道了！奥姆究竟怎么了？实在让人吃惊。

喝药之后房门是开着的——大家都浑身瘫软了，门暂时敞开不关。我是比较容易醒来的，或者喝药还没喝得那么瘫软，就准备一套像样的衣服，看好周围后，三两下换上衣服，溜出设施。倒是有人警备，找空子顺利逃了出来。

(增谷君从路上碰见的本地人那里借得交通费，返回东京父母家。逃出一个月后，得知自己被奥姆真理教团开除。开除的理由无中生有)

就这样返回了现世。返回来并不是想过现世生活，而是因为再没办法追随奥姆了。此外没有地方可去，就回家寄居，这是老实话。那时家人都很高兴，庆幸我平安回来了。但毕竟亲情断了五年时间，心理上无论如何也很难重返家人关系。这是因为，奥姆好坏另当别论，不能满足现世这点自己心中是很清楚的。因父母不理解，归终关系破裂，互相磕磕碰碰，于是我从家里出来。

——在那之前，九五年三月发生了地铁沙林事件，对此你有怎样的感想呢?

起初没能认为是奥姆干的。确实，因为强调真言秘密金刚乘，教团内部气氛也变得相当莫名其妙起来，但没想到竟会拿出沙林来，想象都想象不到。毕竟连蟑螂都不能弄死的教团嘛！再说在里面的时候，时常从其成员那里听得“科学技术省”滑稽可笑的失败故事，认为不可能搞出那么复杂的东西。虽然电视上报纸上说是奥姆干的，但无论奥姆教团还是上祐（史浩）都咬定自己没干，所以最初相信他们来着。后来随着搜查的进展，教团的答辩也出现了矛盾，我就开始纳闷了，渐渐认为或者干了也不一定。回头看看日记，发觉自己的心情离开奥姆是在那年（九五年）八月前后。八月间，开始认为奥姆制造地铁沙林事件已是事实。

尽管脱离奥姆是因为对奥姆理解不了和认为那种事怎么也实践不来，可是对返回的现世还是没办法适应。比较现世和奥姆，看上去无论如何都还是想要超越烦恼的奥姆的姿态显得地道。自己所投身的奥姆到底是什么呢？我再次沉思起来。到底它哪里对哪里错了呢？

离家后在便利店干活或打零工生活来着。如今跟父母也和解了。和奥姆时期的朋友取得联系，也见面。其中既有人全面认同奥姆，又有人尽管承认地铁沙林事件是奥姆的过失，却又认为教义本身并没有错，各种各样。但不管怎样，同奥姆一刀两断、返回现世后以现世价值观生活的人几乎没有。就我本身来说，对奥姆的兴趣已彻底消失，现在正转向原始佛教。（退教的）其他人身上也全都以某种形式留下宗教性东西。

——消灭欲望或烦恼，那当然是个人的自由。可是把自己的类似自我行动原理那样的东西托付给他者＝GURU这点，客观看来，我认为是包含极大危险的行为。不具有这种认识的信徒、原信徒仍然数量很多吗?

这方面有明确认识的人恐怕是很稀少的吧！瞿昙·悉达多[①]说“唯有自己才是自己的主人”、“以自己为岛而不靠近他人”。这就是说，佛家弟子需要通过修行来发现真正的自己，看清那里存在的污秽、烦恼，把它消除干净。

可是松本所干的，是把“自己”和“烦恼”划等号。说为了消除自我，必须连自己也一起消除。还说归根结底人是因为爱自己才这么苦恼的，如果抛弃那个“自己”，那里就有金光闪闪的自己本身。这同佛教所说的截然不同，是一种价值的偷梁换柱。自己这东西是应该发现的东西，而不是应该抛弃的东西。地铁沙林事件那样的恐怖罪行，我想就是从这种廉价自己迷失的程序中产生的东西。人一旦失去自己，对于胡乱杀人和恐怖主义就会失去感觉。

说到底，奥姆所干的，与其说是寻找解除烦恼的根本途径，莫如说制造抛弃自己的言听计从之人。因此，所谓奥姆修炼成功的人，总之就是彻底染上“奥姆颜色”的人，不是悟得真理的真正的“解脱者”。抛弃现世出家的信徒在“救赎”的名义下为争取

---

① 瞿昙·悉达多（Gotama Siddhattha）：释迦牟尼出家前的俗名。

布施而东奔西走等等，纯属本末倒置。

我不认为松本是一开始正常而后来渐渐变得反常的。即使不是全部，他也是最初脑袋就有那种念头的。错误一开始就包含在里边，他分阶段地向前推进。

——就是说，他脑袋里一开始就已形成了将来要进行真言秘密金刚乘这样的构图？而不是中途妄想恶性膨胀以致弄歪了方向？

我想两方面都有。作为一个要素一开始就有了，而在一批盲从者（yes-man）的围拢中逐渐失去了现实感觉，结果妄想膨胀开来。

不过与此同时，估计他曾以他的方式认真思考救赎这个东西。否则，谁都不至于不惜出家追随他的吧。多多少少恐怕有某种神秘东西的。就我本身来说也是这样，那是瑜伽、修行什么的带来的神秘体验。

——现在的教团排除了麻原彰晃，冻结了成问题的真言秘密金刚乘，往下会一如既往继续教团活动吗？对这个你是怎么看的呢？

因为教团的教义、性质没有任何改变，所以即使不马上发生什么，不久也还是会从中再次产生犯罪行为的——我想有这样的危险性。况且，现在留在教团的人，就算沙林事件，也应该是潜在性加以接受的。对于继承同一教义的危险性，信徒们大概还没有自觉认识到。他们注意的是自己的利益和教团好的侧面，我想。

作为我，想到地铁沙林事件的各位受害者，或者想到直接作案的过去同伴们，就有一种很强烈的心情，恨不得对至今仍相信奥姆进行活动的人说道：“还在搞什么名堂！”问题是，即使这么劈头一句，他们也只能愈发弄硬外壳缩进里面。唯一的办法，就是一点点出示事实，使他们自己察觉出来。

至于我本身往后如何跟现世达成妥协，这是很难的问题。从属于什么团体已经让我腻烦了，往下我想只能自己单干下去。啊，自己身上的欲望也有想消除的部分，但只能以自己一个人的力量一步一步努力下去。

——从大学一年级开始，这样那样在奥姆真理团待了七年时间吧，没有觉得自己失去了那些岁月吗？

那没有的。失误或许是失误，但通过超越那个，我想其中会有价值出来的，作为一个转折。

其中也有人把奥姆经历统统抛开，不看报纸不看报道什么都不看。闭上眼睛，报纸啦新闻啦一概不看。可是如果那样做，就什么也不能从失败中学到。那样做说不定会导致犯同样的错误。这和考试出错是同一回事，从哪里错的呢？必须追究才行。否则，下次还会在同一地方出错。

“说实话，我的前生是男性。”

神田美由纪（一九七三年生）

一九七三年生于神奈川县。父亲上班，属于极普通的中产阶层家庭。从小就有被神秘东西吸引的倾向。十六岁时得到麻原彰晃的书，看后受到震动，和两个哥哥一起兄妹全部加入奥姆真理教。不久为集体修行而从高中退学出家。

和她交谈起来，不难明白奥姆真理教对于她是个理想的“容器”。的确，较之在“现世”生活，还是进教团修行对于她幸福得多。她根本无法从现世事物中发现价值，除了追求自己的精神世界，对其他任何事情都几乎没有兴致。因此，脱离现实而专心进行精神修行的奥姆真理教团就好比一个乐园那样的东西。

当然，十六岁进入教团受到“纯粹培养”……那种“拐骗·洗脑”式的把握方式也是可能的。但相比之下，我的心情更倾向于“世上有这样的人怕也未尝不可”这一看法。何必大家非得在“现世”中摩肩接踵气喘吁吁生活不可呢？就人世没有直接作用的事项埋头思考的人多少有一些也应该是可以的。问题是，除了麻原彰晃率领的奥姆真理教团，此外几乎找不到用来接受这类人的有效的网。而且，从结果上看，那张网偏巧含有巨大的恶之要素。归根结底，简单说来，所谓乐园那东西哪里都不存在。

就动机的纯粹性思考的时候，现实就变得异常沉重。被纯粹性排除的现实，看上去甚至似乎在某处窥伺复仇的机会。和美由纪交谈当中，我忽然这样想道。

同现世的人这么长时间交谈起来不会惹污秽上身吗？分手时我这么问道。她略一迟疑，坦率回答："在理论上的确是那样的。"一个认真的人。请我吃她自己做的面包，爽爽的，好吃。

出生地是神奈川。家里有父母和两个哥哥。父亲在一个比较刻板的地方上班。呃——，是的，说起来怕也不全是因为上班的关系，但一般看来，仍然是个给人以认真感觉的人。从别处也听说他工作相当一丝不苟。所以，总的说来，同家庭相比，父亲是以工作为中心的。尽管这样，在星期天等日子，他还是领我们去了好多地方。母亲很体贴人，这个那个尽心竭力，为我牵挂很多事情，自己注意不到的事也提醒我注意。呃，是个极普通的家庭，没有什么和外面不一样的地方。类似家庭问题那样的东西也一概没有。

从小我就有过很多神秘体验。例如做梦什么的，梦见的也和现实毫无两样。与其说是梦，莫如说是一种物语，反正长长的、清晰得不得了，醒来也全都记得，包括细节。在梦中我去了各种各样的世界，"幽体脱离"那样的事也做了。那样的体验一天天反来复去。从懂事时一直这样。所谓"幽体脱离"，就是身体一动不动，呼吸停止，就那么飞走那样一种状态。累的时候尤其体验得强烈。一种神秘体验。

这样一来，就能经历这个世上不可能有的事情。比如在梦中使用超能力飞上天空，或者乘坐当今世界还不存在的交通工具，甚至都能驾驶。为什么能驾驶这样的东西呢？自己也觉得不可思议。

那和所谓“梦”不是一个东西。一切跟现实一模一样。“这是做梦，和现实不同”——说起来是能分清二者的差别，可是在出入同现实过于相似的梦境当中就混淆起来了：哦，这是现实？不是现实？二者的区别就分不清了。哪个是真正的现实，变得糊涂起来。或者不如说梦境变得真切得多。这点搞得我相当苦恼：这个世上到底什么是真的呢？哪个是我真正的意识呢？

那种体验的影响，我想恐怕还是非常强的。跟父亲、母亲也把这个说了，但他们对我说的很难理解。反应半信半疑，好像是说真有那样的事不成？

相对说来，我属于内向型性格。但朋友也还是有的，在学校也和一般人一样。虽然对学习不是那么喜欢，但擅长的科目是花力气的，例如国语什么的。看书也喜欢。喜欢科幻小说，两个哥哥推荐看的。漫画和动画什么的也常看。数学什么的不行，体育也不怎么喜欢。

母亲总是催我好好学，说学好了可以进好学校，进了好学校就能找到好工作……说的都是一般话。但老实说来，我对学习没多大兴致。特别是考高中什么的，根本无法从中发现价值，无论如何都不认为那个很重要。

梦继续做。梦中我所体验的实在五花八门。穿越了各种各样的世界。怎么说呢，一时性或许是开心的，但持续时间不长，不觉之间就土崩瓦解了。类似战争的东西也体验了。战争中很多人都死去了。那种时候我分明感觉到有对死的恐惧。对于身边人死去的深切悲痛也体验了。那种事一再反复当中，我开始意识到这个世界是无常的。什么都长久不了。正因为这样，世上才有无常造成的痛苦。

——就是说，对你来说，意识中有一个同现实生活平行的“另一生活”。而且，同现实生活相比，在“另一生活”中所体验的种种样样的感情更加使你获得了那种明确的认识，是这样的吗?

是的。虽然没有在身边体验过有人实际死去，但在电视上看到患病的人快要死了的场景，心里就想现实世界也还是无常的啊，这里也有同样的痛苦啊!（在我身上，梦和现实）是这样联系在一起的。

高中上的是神奈川的公立高中。当了高中生，得知说话内容到底是和初中不一样的。和异性的恋爱啦、时装啦、卡拉 OK 啦，成为主要话题的基本是关于那类游玩的。可我完全没办法从那里边找到价值。所以没能够参与其中交谈下去。

因此，大多时候自己一个人看书。自己也写文章来看。我做的梦是故事，感觉上只要按情节写下来就成一本书了。实际上作家中也是有这样的人的吧？以梦为题材，从中得到启示，用来写成小说。

就我本身来说，我没有特别想要男朋友那样的念头。即使周围人有了恋人，我也不羡慕。在那种事情上发现不了价值。

十六岁的哥哥说“这是好书”，借给我几本奥姆的书。一开始以为是“超越生死”啦、“认证仪式（initiation）”啦、“大乘瑜伽经典”啦什么的，看着看着觉得自己一直追求的东西就是这个！恨不得马上入教。

书中写的，是我们为了获得真正的幸福而必须解脱的事。所谓解脱，如果是最终性的，就会使幸福长此以往。比如，就算我在生活中感到幸福，那也不可能永远持续下去——从小我就常常对这一事实产生一种类似无常感的东西。于是心想，要是幸福能永远持续，那该多么好啊！也不光我，要是所有人都能那样，那有多好！在这个意义上，我被解脱这个说法强烈吸引住了。

——你所说的“幸福”，具体说来是怎样的东西呢，比如说？

比如和朋友这个那个闲聊，有时也还是很开心的。即使跟家人交谈，极开心的时候也是有的。在那种时候我感觉到了幸福，心想现在感觉到的心情要是就这样持续下去该有多好。是那样的，对我来说，交谈是很重要的。对游玩什么倒没有多少兴致。

若说解脱是什么，总之还是有苦恼，简单说来，那种东西全部消失的状态大概就是解脱吧，我是这样理解的。因此，只要解脱了，就能从这无常的世界中挣脱出来。由于书中写了抵达解脱的具体修行方法，我就在入教前每天自己练，练了一段时间。在家看书做亚瑟纳（瑜伽），呼吸法也天天练。

两个哥哥也看书看得被奥姆吸引住了，说想入教。是的，毕竟是兄妹，三人想法大同小异。虽然没有我那么强烈，但大哥也有差不多同一种类的做梦体验。二哥也好像有不少那样的体验。

这样，三人一起去世田谷道场，在接待室讨了入教申请表。因为一开始就打算入教，所以马上开始写姓名和住址。但对方说要听听情况，被领进里面同道场的大师交谈。问起为什么入教的动机，三人都回答“开悟和解脱”，大师非常吃惊。一般人的回答似乎大多是现世利益或超能力什么的。

于是，大师介绍了种种情况。那时我想，怎么说呢，在道场里我感到一种类似非常不得了的“安心感”那样的东西。空间本身让人觉得释然。结果三人当天就入了教。入教金——包括半年的每月会费——记得每人三万日元。我手上的钱不够，哥哥借给的。

——三个孩子同时成为奥姆真理教的信徒，父母没说什么吗？

那时还没有在社会上闹得沸沸扬扬，大致说是瑜伽教室那样的东西。后来教团在社会上动不动成为话题之后，才这个那个说了不少。

入教后一段时间一直散发传单来着。就是所谓“志愿活动”。把教团的传单折起来放进信箱，或在街头直接递交。星期天时常去支部做那种活动。这个很开心的。志愿活动做完后，到底有一种充实感：干得好啊！不知什么缘故，心情变得开朗起来。有那样的体验。志愿活动即功德。积了功德，上升能量就会增加——奥姆时常这样说。

在那里也交了朋友。另外，上初中时的同学也加了进来，一起发传单什么的。不是我积极劝诱的。我只是说有这么这么一件事，对方就说“啊，我也想入教啊”，如此而已。

入教后继续修行。不久，体验了坐禅跳跃。据说这是“空中飘游”的前一阶段。总之就是一下一下蹿上天空。在家里练呼吸法时突然出现的。那以后就能随时随意做到了，起始在自己也不知道的时间里一下一下蹿起来，接着就能在一定程度上自行控制了。

不过刚开始那阵子可不得了，忽然蹿了起来，这可如何是好呢？大伤脑筋。家人什么的也吃惊地看着。据说我来这个算是相当快的。我猜想到底是从小就有灵性的关系。

入教后一段时期一边上高中一边进行教团活动。但无法从学校生活发现价值的心情在我身上变得越来越强烈。说没意义也好什么也好，说白了，就是厌了。总之做的事正相反。例如同学全都张口闭口说老师的坏话，但奥姆有“不说人坏话”的戒律。对这方面我感到很矛盾，或者不如说觉得跟不上他们了。对身边人讲的话也完全没办法跟上。现在的高中生，一开口就全都讲怎么样追求快乐。可是奥姆的实践是为了“不追求快乐”。截然相反。理所当然，说话说不到一起。

往下，为了得到解脱和开悟，较之在家，还是出家修行来得快，这是事实。因此，脑袋里一直有想快些出家来取得解脱和开悟的念头。在家修行就已感觉出了自己正在迅速改变，作为心情很想变得更快些。

把想出家的希望告诉教团后，得到的答复是：“既然那么想出家，出也不碍事的。”

——出家意味着抛弃烦恼。你有什么难以抛弃的“烦恼”吗？

出家时到底是有极大困惑和纠葛的。原本一直和家人一起生活，而往后却连见面都不自由了。这对我是最难受的事。再比如吃饭，一旦出家，就只能吃规定的东西了。啊，吃东西实际上倒没那么难以忍受，但不仅是这个，能否坚持下去的担忧也不小。

大哥已经从大学退学出家了。父母劝他至少读完大学，说读完再出家不也可以的么，但他没有改变想法。二哥一直在家，好像没有出家的意思。

我出家时父母哭了，一再挽留。可我认为自己眼下这个状态，在真正意义上不可能给父母以好的影响。所以我采取（更大意义上的）“爱”而不是一般所说的“亲情”。还觉得自己的真正改变也可能给父母以好的影响。不用说，分别是痛苦的。但我说服自己，咬牙出家了。

出家最初去的地方是山梨县的清流精舍，在那里修行。后来移到东京的世田谷道场，因支部活动派去的。具体说来，在那里接待在家信徒。此外就是印刷传单拿去信徒那里。由信徒们分发。在新的生活中，感到“寂寞”的时候是有的，但关于出家本身没有后悔。在教团中也交了新朋友。当时有和我年龄差不多的女孩子接二连三出家进来，在世田谷道场也和她们处得相当愉快。说话一拍即合。话题？同样是怎么修行才能进步啦什么的。说到底，大家都是无法从现世中找到价值而来这里的人，无论如何都只能说这些。在世田谷待了一年，接着转到富士山总本部，在那做事务工作。在那里待了一年半，往下转到上九一色村第六修行站，在那里负责制作“供品”的工作。这是为诸神上供食品的工作。上供完了，由萨马纳（出家信徒）吃掉。

——总之就是做饭。大致做怎样的东西呢？

这个么，面包啦糕点那样的东西。一段时间也有汉堡包那样的东西，还有米饭、海带、油炸食品之类。食谱各个时期多少有些不同，做拉面的时期也是有的。原则上是素食，不用肉类。汉堡包什么的也用的大豆蛋白。

做饭的人数各个时期也多少不定。最后阶段三个人做来着。都是女性，只能由指定的人做。毕竟供品是神圣的。

——就是说你是被认为有做那种工作的资格的？

嗯，我想是这么回事。但实际上这是相当累人的活计，几乎可以说是体力劳动。成天每日从早到晚做（饭），累趴下的时候都是有的。有一时期因为萨马纳（出家信徒）数量非常多，做饭量也多，光这个都花半天时间。没工夫休息，一直干个不停。

是这样的。有一百个萨马纳，就要做一百份饭供在祭坛上。不单单做，还要运去有祭坛的房间摆好。供在那里，供完还必须分配给萨马纳。

食谱是上边的人定的。基本上是按如今日本人所需要营养素计算的，觉得这样没问题了，再编成食谱。味道？关于味道，也时不时端给外面来的人吃，都说到底够“俭朴”的。担心太好吃了会增加烦恼，所以这方面适可而止。总之就是“不能给味觉纠缠住的伙食”。我们工作的目的不是做多少好吃的东西，而是提供生存活动所必需的营养。

面包和糕点也自己在这地方烧烤。工厂也大，和面机啦切割机、烧烤机一应俱全。食品采购有专人另外负责。

唔，没有专门培训厨师那样的部门。开祖（麻原彰晃）时常提醒的是："要一个个用心做！"做完（饭）后要冲洗机器，他说："洗机器时就当作洗自己的心来洗！"因此，平时做的时候也尽可能注意尽量用心去做。出家前在家的时候对做饭多少有兴致。偶尔倒也做，但不是日常性的。但来上九一色村的四年时间里，一直在第六修行站做供品。

——麻原彰晃住在第六修行站的吧？

是的。住所有几处，但主要是第六修行站。虽说是同一修行站，但场所是离开我们住的地方的，时不时见面的机会倒是有的。我想偶尔会吃我们做的东西，不过那少而又少。平时有别人做（教祖的食物）。

修行和工作平行进行。修行当中到底明白了许多事情。自己的烦恼状态啦、能量上自己处于怎样的状态啦，这样的事可以看得一清二楚。而且以相应的形式改变修行内容。为解脱花了四年时间。

——解脱是由教祖决定的吗？比如说"好了，你这回解脱了"？

嗯，我想最终是那样的。这个么，解脱是要有种种条件的，教祖在判断你完成了其中几个的基础上认定是否解脱了。一般说来，差不多全是进入集中修行时完成解脱的。解脱方面有一种“极严修行”。在那里修行的时候会产生各种各样的神秘体验。大体齐全了，再加上心灵状态也清净了，就意味着达到了解脱阶段。

解脱时赋予圣名。到了后来，体制变了，即使没解脱，而只要到了某种程度，也会得到圣名。

——你从小就体验了梦境啦、“幽体脱离”啦那样的东西，出家进教团后那个怎么样了？

出家后，灵性进一步提高，不可思议的体验越来越丰富了。而且同以前相比，可以用自己的力量巧妙控制了。做梦也能认识到“这是做梦”，随心所欲加以控制也变得可能了。另外，开始想起自己的前生，身边人将来转生到什么世界也能看见了。

想起前生时，尽管实际身在此处，但可以活生生体验到那时发生的事。一下子就恍然大悟：“这是我的前生！”那一瞬间就了然于心。这是一种类似开悟的东西。

说实话，我的前生是男性。想起自己小时候的事，的确好些事情都完全吻合。小时候我常被错当成男孩子，弄得我往往觉得奇怪：怪事，怎么会这样呢？但如果前生是男子，就豁然贯通了：噢，原来如此！

——性别以外的事如何呢？比如说前生犯的罪也会影响到当下的

人生吗?

会的。就我来说，小时的经历也有开心事，但苦恼事也有。总之就是说前生坏的部分恐怕是必须清算的。

——我绝不是吹毛求疵，但任何人或多或少想必都是那样的吧?这同灵性啦转生什么的无关。无论谁一般都有自己讨厌的事吧?

是倒是的，唔。只是，我那时还小，无所谓好的状态坏的状态，又几乎没过现实生活，却从那时就开始有那种体验，这恐怕还是有从前生继承的部分吧?

——即使在还没有过现实生活的阶段，比如肚子饿得瘪瘪的时候没人给东西吃，特别想让母亲抱的时候却没抱——这就是不幸体验，是吧?和前生也好罪也好都没关系。我想那是——年龄阶段的差异固然是有的——自己怎样同现实发生关连的“痛感”问题……

所以我说明白那个的是明显特定的场合。

地铁沙林事件发生时（一九九五年三月），我一如往常在第六修行站做供品来着。事件是从奥姆的人嘴里听得的，像是说东京发生的那种事是奥姆干的。我完全不认为是奥姆干的。谁干的我不知道，估计是别人干的而世人推到奥姆头上。

在那之前说上九一色村的设施被洒了沙林受了毒瓦斯的攻击，但那次我以为在某种程度上是真实的。为什么呢？因为身体变糟的人身边突然多了起来。我也是其中一人。肺部出血，口出血。病倒起不来的时候也是有的。往下是吐血痰，头痛，恶心，而且身体容易疲劳。因此我想，洒毒瓦斯怕是实有其事。若不然，不可能大家身体一下子变得那么糟。在那之前那种事一次也没有过。

强制搜查时，老实说，我还是吃了一惊，认为我们并没有干什么坏事，觉得是被单方面弄成那个样子（坏人）的。第六修行站也来搜查了。做供品的地方也全都搜了。做（饭）的事给打断了，没办法给萨马纳（出家信徒）配饭了，大家不得不断炊一天。警察到底是可怕的。看到周围有人挨打了，一脚踢飞引起脑震荡什么的。

——*你一直在第六修行站，没觉得事件前后周围发生什么不正常的吗？*

没有。因我一直在第六修行站做供品。那种事没有听到，也没看到。我们和其他信徒的横向联系仅限于第六修行站内部。工作忙，不怎么外出，外面的事不清楚。常说话的朋友，只是同样做供品的同代女孩子。很要好的。

——*沙林事件现行犯被捕后开始招供，教团参与事件这点已经清*

楚。对此你是怎么想的?

那个、那样的消息实际上进不来的，几乎没有听说。至少我在的地方是这样。毕竟是荒山僻野。报纸没有电视没有，所以那样的理解基本没有。

当然，不是那样的人（没有排除情报）的人里边也是有的。即使报道，只要有意，也还是可以搞到手的。我对那种东西没有兴趣。何况根本没以为是奥姆干的。电视也好动画也好都不太想看，尽可能避免接触那样的东西。

心里开始动摇是在第二年适用破防法[①]的消息传来之后。如果适用这个，过去的同伴们都要七零八落，不可能集中修行了，也不能像以前那样在受保护的环境中生活了。必须自己维持生计。这让我感到不安。

——就是说，一旦适用破防法，出家生活就不能继续，必须自己干活挣钱。这样一来，修行就要受到妨碍，心里这才受到振动。但在那一时刻，“可能是奥姆干的”这一疑念即使在事件过去一年后也完全没有在你脑袋里出现，是吧?

是，是那样的。没有疑念那个东西。周围人也全都是同一心

① 破防法：“破坏活动防止法”之略。日本的一项法律。

情。从根本上说，第六修行站的人几乎不同外部接触。想必还是因为那种信息进不来，所以大家才那个样子的。

归终，我在第六修行站做供品一直做到被上九一色村勒令退出那天为止。一旦供品中断，萨马纳吃的东西就没有了。最后萨马纳人数已经少了很多。全部一步步出到外面了。这是因为，如果没有生活基础，突然出去也没办法活下去。一开始若不打点零工，连房租都付不起。萨马纳只能领到“业财”——所谓“业财”，就是每个月萨马纳领得的钱——手头的钱微乎其微。这样，心想还是先一步步出去打一点生活基础为好，结果留下来的萨马纳数量就慢慢少了。还是寂寞啊！人像梳子掉齿一样渐渐少了，感觉上我是最后一个。撤离是九六年十一月一日的事。

撤离后去了琦玉。那里有十来个奥姆的人。房东是个气量大的人，说“奥姆的人也不要紧”。其实，也是因为那是没人租的不上不下的东西，感觉上多少算是一座楼。生活费大家打工来挣。能干的人干活，来养活不能干的小孩和老人。

我打算用在第六修行站做供品的经验，关键时候开一家面包店，准备用那座楼的一楼来开。资金是我家里的人支援的。

——不过父母是够豁达的啊！

嗯，我想是豁达的（笑）。这样，如今在开面包店。最初店名是蛮可爱的，叫“空中飞的糕点君”，但由于媒体报道受了挫折。

提交开店申请阶段报纸电视就一窝蜂赶来。我猜想消息是从政府那里流去媒体的。反正店名给清楚捅了出去，电视上也有图像播出，结果遭到客户拒绝：“再不和你打交道！”原因是“奥姆信徒开的店”。总之买卖实际上做不下去了，一时被逼进了死胡同。

这样一来，向一般顾客就卖不动了。也利用网页做来着，但由于有名字出现，又被全部拒绝。想改个店名重新开张，但这也百般不顺。客户要来拿货，但给警察拦住了：“你为什么去那里？那里是奥姆开的店，知道吗？”——这样子哪能做成买卖。我就想在外面零售，开车零售许可那样的东西取得倒是取得了，但考虑眼下状态，反正警察要跟着找麻烦。那一来，根本谈不上维持生计。

这么着，现在做的面包卖给萨马纳和信徒。一星期做两次，送到萨马纳那里。这样好歹能够维持。外部完全卖不出去，眼下。

即使现在，也还有警察在店前。一旦有平时不常见的人往店走来就开始盘问，好像是说：“这里是奥姆开的店！”意图不太清楚，莫非警察也要摆出正在干什么的架势不成？也曾被警察索要过面包，也给过。后来又要的时候，就说：“那么买好了！”

时不时把自己做的糕点拿去附近的人那里，那时候也这个那个闲聊。他们说：“本来担心你们做什么莫名其妙的事，原来是在老老实实做面包、糕点什么的啊！”看这情形，到底是媒体影响的。

——离开修行站，开始这么在现世生活以后，对于沙林事件或坂本律师事件什么的，现在是怎么看的呢？社会上百分之九十九的人都认为那一系列事件是奥姆真理教团制造的。

是啊，这以前自己在生活中体验的奥姆真理教和外部说的奥姆真理教之间，差距到底太大了，自己还没归纳好，或者说有的地方还不知怎么判断。

就事件来说，如今开始认为那样的事实也可能是有的。只是，现在审判当中的证言也变来变去的。究竟什么是真的什么不是真的，还是无所适从。

——关于“那时谁怎么说的”这类事实的具体证言确实有变化，但那五个教团干部为了杀害不特定的多数乘客而在地铁中施洒沙林这一事实并没有动摇。我想知道的是你对这一事实的意见。我并不是想指责你个人，仅仅是想了解你对此是怎样认为的？

呃——，还是难以相信，或者说难以设想。就我个人出家生活过程来说，杀生那一行为我一次也没有做过。一只蟑螂、一只蚊子都没弄死过。自己是这么实践过来的，身边人也是这么实践过来的，我都亲眼看见了。所以不能相信，到底怎么回事呢？

关于真言秘密金刚乘的说法确实听过，但一来不曾联系现实考虑，二来也没有按照那个行动。只是作为以前听得的无数教义中的最后一小部分来接受的。

对我来说，GURU 是对修行中的困难给予帮助的存在。我是这么认识的。在那个意义上，我认为是我所必需的存在。

——不是绝对存在？不是绝对皈依？

绝对……是啊，当然也被开祖问过“这个能做到吗”那样的话，但那时我也自己判断，回答说“那有点儿难”。并不是他说的什么都满口答应。看周围也没有那样的事。所以在我的印象中，并不是绝对存在那样的东西。媒体倒是以那样的形象来把握的……

人到底是不一样的吧？我想其中也有人喏喏连声，但明确有自己的想法和按自己的想法做事的人也是有很多的。

——假如你处于那样的立场怎么办呢？承认教祖是绝对 GURU，相信只有他才能引导自己，所以如果他说“你去干！”……

即使被称为地铁沙林事件现行犯的人，我也亲眼见过，我想他们也是完全拥有自己那个东西的。自己这么想了，就能把它作为意见在任何人面前明确说出口来——我认为他们是这样的人，所以我没办法顺利做出那样的假定。想起我心目中的形象，无论如何也想像不出他们会那样。如果实际看见他们完完全全付诸实践了，那也是可以理解的，但毕竟看了听了不是那样的部分，所以还是半信半疑：果真是那样的不成？

因此作为我，即使看审判开祖，仍然模糊不清的部分也实在太多了。所以我想现在还只能注视下去。在开祖实际澄清那个之前，现阶段我恐怕还什么都判断不了。开祖的律师也说了，开祖是不是真的下达了命令，真相还不明确。

——那么，判断要保留到最后了？

啊，我不是说干的可能性是零。只是说现阶段决定还太早。要再出来一点事实自己才能想通。

——开面包店的资金是你父母给出的，那样的良好关系一直保持着吧？

是的。开了店以后也到家里去了，电话也打了几次。断绝父女、母女关系什么的，完全没那回事，叫我随时回去。不过返回现世是勉强的。如果现世有什么美好的、能让自己提升的东西，或许还会改变，但那样的东西眼下没有。

在教团中生活了七八年，心里动摇的时候是有的。修行时自己身上的污秽那样的东西有时会喷发出来。修行当中连续不断进入自己的内侧。这样一来，自己的心灵污秽啦、烦恼啦什么就会历历在目，喷到外面。一般人通过吃喝玩乐来蒙混，但修行中的我们不能够那样。因此，只能针锋相对战胜它。非常难受。那时心确实摇摆。但在摇摆迅速收敛阶段，就会重新产生这样的心情：“啊，我还是要在这里坚持修行！”实际真心回归现世那样的念头，一次也没有过。

和我一起进去的初中时的朋友，至今仍留在教团修行。出家了的大哥在事件发生前回到了父母家，不再出家，以在家的形式从头做起。唔……是啊，估计是在刚才说的修行中的污秽喷发面前败下阵来了吧？不战胜它，是不可能得到解脱的。

“那时心想：‘留在这里绝对死掉。’”

细井真一（一九六五年生）

札幌出身。高中毕业后立志当漫画家，来东京进了艺术专门学校，半年后退学。当自由打工者期间遇上奥姆真理教，加入教团。最初在教团的印刷厂做工，后来转到能够发挥漫画技术的动画班，最后在科学技术省做焊接工作。九四年被任命为“师”。也参与了化学设备所在的第七修行站的建设。本人说，回想起来在教团期间没有正经修行，光干活来着。但也因此积累了各种各样的现实体验。

强制搜查后听说对自己也发出了逮捕令，遂向警察自首。拘留二十三天后因暂缓起诉而被释放。六月从拘留所将退教报告寄给了教团。后来返回札幌。现在重返东京生活。有几张详细描绘当时修行站场景的说明图，一边说明一边出示给我。

一个皮肤白皙、身材颀长的青年。现在是由奥姆教团退教者组成的“加那利会”的成员。对奥姆真理教和麻原彰晃采取批判态度。

父亲是普通的上班人员。有一个哥哥。小时候在京都住过一段时间，但基本是在札幌长大的。不喜欢小学。因为哥哥是身体障碍者，智力发育迟，或者说好像有情绪障碍，上的是特殊学校，所以上小学时经常因哥哥被人奚落，心里很难受。

从小母亲就一直照看哥哥，对我不怎么管，只能一个人玩儿。想向母亲撒娇却撒娇不得，这个记忆很强烈。每有什么妈妈就说“因为哥哥可怜”。在这方面，我说不定是恨哥哥的。

也许是个相当忧郁的孩子。使这个变成决定性的，是哥哥死的时候。那时我十四岁。哥哥是因B型肝炎死的，但对我的打击非常大。这是因为，我心底一直怀有一个希望：哥哥也迟早会幸福的，最后肯定获救。那类似一种宗教图像。但好像被冷酷的现实彻底摧毁，使得我灰心丧气。心想现实这东西并不像自己期待的那样迟早拯救弱者。

也巧，那时流行《诺斯特拉达穆斯的伟大预言》，就是预言一九九九年人类毁灭的那个玩艺儿。对我来说，听起来非常痛快。说到底，大概是因为我憎恨世界本身的缘故。政治世界里田中角荣贪污渎职，骗子横行霸道。人世是不平等的，弱者永远无法得救。每次想起这种社会局限、人的局限，我就迅速陷入抑郁状态。

可是，即使想说这样的话，也没有能够开怀畅谈的对象。大家不是埋头准备考试，就是一个劲儿谈和自己完全不沾边的小汽车啦棒球啦什么的。上高中时加入了美术部，为不怎么引人注意的大友克洋的漫画迷得如醉如痴。非常逼真，栩栩如生。内容虽然灰暗，但让人觉得“这东西没准真有”。《再见日本》啦、《短暂和平》啦、《布基伍吉华尔兹》啦，这些时常模仿来着。

我想离家去东京，高中一毕业就进了千代田艺术专门学校那个地方。但上了半年就退学了。为什么不清楚，但觉得那以前一直拖着自己的那种对于人的墙壁、对于世界的墙壁什么的突然变得高大起来，由于来到东京的关系。周围人对我很好，女孩子也相当向我靠近，自己也知道“这女孩合得来”。可是再知道也无论如何都要自己筑起墙壁。不是说学校的课没有意思，还是人的问题。同周围人没办法打成一片。倒是常跟大家一起去玩，但喝酒也喝不出什么滋味。总是自己一个人清醒。对世界的厌恶感那样的东西越来越厉害。

如今想来，倒是觉得何苦。好容易有个同各种各样的人交往的机会，自己却拒绝。反正那时就是自己追逼自己，也只能那样。学校念了半年就不念了，往下就靠打零工生活。一边打零工，一边独自坚持学漫画。家里也多少寄钱来。不过，十八九岁的年纪自己一个人闷在房间里学习是很难受的事。在封闭的空间一动不动，精神上吃不消的。对人恐怖症那样的东西也惹上身来。

总是怕人。认定别人都是陷害自己、打击自己的。心情越来越糟。看见以很幸福的样子走路的男女或看上去美满的一家老小，心里就想那东西灰飞烟灭才好。同时对这么想的自己怀有厌恶感。

我是离开哥哥死后气氛变得压抑的家庭来到东京的，可是来哪里都找不到心灵的安逸。想到去哪里都终归一个样，就对外面的世界厌恶透顶。出门走到外面，感觉就像是地狱。最后得了洁癖那样的东西。回到住处不由自主地洗手，面对洗面台连洗半个小时甚至一个小时。自己也认为这么做是不健康的，但改不了。那样的生活持续了两三年。

——那样的生活居然持续了两三年，很不好受的吧？

嗯。那两三年几乎不和人说话。偶尔跟家人说句话，此外就是跟打工那里的人说话了。睡眠时间越来越长，超过十五个小时。不睡那么多身体就不行。胃也不好，会忽然作痛。浑身发青，汗流不断，气喘吁吁。我开始不安，长此以往，没准死掉。

那时想试试特种饮食疗法来着。打算用这个办法重建自己的生活。去书店时，见那里摆着麻原彰晃《超越生死》那本书，站着读了。上面写道："三个月实现昆达利尼觉醒。"读得我吃了一惊：厉害！真能这样不成？关于瑜伽，以前读过《神智学大要》，多少有一些基础知识，因此光是站着读也能把大致技术装进脑袋，回到住处马上照做。同特种饮食疗法平行，把那里写的训练连续做了三个月。我这人属于专注起来就集中一点的性格，一天不少地坚持做，一天做四个小时。

就我来说，较之什么昆达利尼觉醒，做的目的更是想恢复健康。两个月过后，尾骨开始微微颤动。这是昆达利尼觉醒前特有的现象。但我仍半信半疑，心想不至于。不久，尾骨有强烈的热感了。像是滚热滚热的热水那样的东西打着漩顺着脊梁骨上升那样的体验也有了。那东西直达大脑，感觉在脑袋里狂蹦乱跳。就是说，自己体内跟自己意志无关地发生了极不得了的事。那时我晕了过去。

恰如麻原彰晃指教的，三个月实现了昆达利尼觉醒。他说的太准了。于是，我的兴趣集中到奥姆上面来了。当时有一本名叫《玛哈耶纳》的奥姆机关刊物，出到第五期，我全部买来读了。上面配照片介绍的上祐（史浩）啦、石井久子啦、大内早苗等人，全都是极有魅力和有个性的人，读了他们讲的体验，一下子被吸引住了。心想，既然这样的人都这么让人佩服，那么"尊师"也必是十分了不起的人。

——你说世界不平等，你认为具体是怎样的地方最不平等呢？

与生俱来的才能啦家世啦，脑袋聪明的人再跌跌撞撞也还是聪明啦，跑得快的人即使跌倒也还是快啦什么的。而被称为弱者的人不管怎么挣扎都看不见天日。那种命运性的东西是有的吧？那样一来，我想岂不太不公平了？但读了麻原彰晃的书，上面解释说“一切都是 karma（业障）”。一个人因为前生做了坏事，所以今生受如此苦难；相反，一个人正因为前生做了好事，今天才得以这么在好的环境下发挥才能。读了，我觉得言之有理。心想既然那样，那么只要改恶从善、积累功德即可。

我本来是想通过特种饮食疗法和瑜伽来恢复健康，来让身体多少变得正常些以便回归正常日常生活的，但由于遇到了奥姆，开始往想都没想的佛教方面一路发展下去。

大概是八八年十二月吧，我去世田谷道场入了教，面见“成就者”谈了，得到了各种各样的类似建议的东西。当时叫我参加富士山总本部一年一次名叫“狂气集中修行”的研讨活动。我说“呃，名称可够厉害的”（笑）。对方还说参加十天就能使修行大有进展，劝我最好参加。但为此需要施舍十万日元。我就说自己没有那笔钱，无法参加。而且我还担心，刚入教就马上进行那么厉害的修行会有危险。但接待我的是新实（智光），在他强拉硬扯之下，最后还是参加了。

当时教团本身还不那么大，出家信徒顶多二百人。也是由于这个原因，入教后马上见到了麻原彰晃。和现在不一样，给人的感觉是浑身肌肉，紧绷绷的。当时他以十分稳重的步子大踏步走进道场，说威严感也好什么也好，反正让人觉得不同寻常。就好像一眼看穿周围一切的那种类似恐怖的东西朝我紧紧压来。大家都说他“是个亲切的人”，可我第一次见面时莫如说感到害怕。

秘密瑜伽那种一对一的交谈机会是有的，但那时我听麻原彰晃对我说：“你完全是大魔境啊！”所谓“魔境”，指的是修行过程中出现精神障碍那一状态。我说：“为了修行我想早日出家。”结果他说：“等等，逃离魔境是不可能的，稍微修行一下，争取从魔境中挣脱出来！”作为时间也就五分钟左右吧。

再次见到时，麻原悄悄走进道场，微笑地看着巴库提（信徒做的服务活动）。我见了，心想这个人实在是有好多张面孔啦！那时的确一点儿也不可怕，只是微笑着在旁边看。我也变得满心欢喜。

入教后三个月左右下来许可，说出家也可以。做秘密瑜伽时麻原彰晃直接那么说的。他说：“你出家也可以。但条件有一个，那就是停掉现在打的零工，去装订厂工作一段时间。”听他这么说，我吃惊不小。问他为什么又要去装订厂。他说：“其实奥姆这次准备办一家印刷厂，想请你学学装订技术。”我回答：“好的，明白了。”我马上在装订厂找到了住宿工的工作。

不过，装订厂那地方机器种类真是五花八门的啊！有折叠机，有打包机，有裁切机。裁切机也有好几种。从哪里学起好呢？我完全摸不着头脑。说得倒很简单：学回装订技术来！但不管怎样，我看见什么猛学什么。星期天也在一个人也没有的工厂里拼命研究机械结构。理科知识我懂的不多，但还是弄懂了不少，什么按这里会这样啦、这个这么连动啦等等。操作倒是没能操作，但看着模仿着还是记了很多。连续干了三个月后，指示下来说“马上出家”，我收拾行李离开了工厂。

出了家，就再也不能吃冰激凌等自己喜欢的东西了。这多少有些不好受。同对异性相比，不如说我对吃的东西更有感觉。还说果汁也再不能喝了。所以出家前一天我这个也吃那个也喝，以为是最后吃喝了。

不用说，父母大加反对。但我相信自己出家在结果上会给父母恩惠，就没怎么放在心上。按理，不施舍一百二十万、不做完六百小时立式礼拜，是不能作为萨马纳（出家信徒）得到正式承认的。但因为急着办装订厂，对我就免了。

从富士山总本部开车跑一个小时远的地方，有个叫狩宿的地方。那里有预制板小屋，那就是当时的装订厂。我在那里和搞装订的成员一起住下。那时真叫我大吃一惊，原来多少有一点儿装订知识的人仅我一个。我以为自己是装订成员之一，原来不是那样。刚刚出家的新人就被弄成装订领导，实在让人意外。作为人数，搞装订的有十人到二十人，印刷十人，制版二十人左右。嗯，相当够规模。

但奥姆买的机器，都是几十年前扔在仓库里那种不成样子的东西。不但装订，印刷方面也都半斤八两。大家嘟嘟囔囔发牢骚，没一样不是形同古董的破烂货。单单立起来都是好一场折腾。毕竟我对机械也所知无多。因此，从机器进来到实际立起，差不多花了三个月时间。有的立起来也不好好运转。啊，也算是能干的了！机器所以能好歹运转，村井（秀夫）率领的科学班也出了好大的力。

最先印刷的是《玛哈耶纳》月刊第二十三期。以机关刊物为主的奥姆发行的书刊，过去全都外包，从这时开始才能在自己的地方制作。

出家一看我吃了一惊，一旦出家，修行时间什么根本没有安排。怎么回事呢？就问上边的人。按他的说法，在没有功德的状态下怎么修行也不会进步，所以现在是通过做工来积功德的阶段。这么着，一年时间全都搞装订了。每天累得很！一天睡四个小时是家常便饭。众议院选举期间尤其厉害。记忆中，连上厕所时机器都不能停。那时我负责折叠机，把东西放进机器整理的时间里我闲着没事，就趁机飞一样跑去厕所解决掉。就是那个样子。每一分钟都宝贵得很。

选举完了，印刷量也明显减少。大家这才一下子放松下来。那时正赶上波野村出了大乱子，去那边的人想必累得一塌糊涂。

但在印刷厂的我们每天风平浪静。不做工的时候，可以随意修行。那时正好尊师也去了哪里不在，大家基本无所事事，悠哉游哉。看样子，有的人好像自己在哪里都不知道了。

我也当了装订负责人。最初是离开我就开不动了的状态，后来谁都能开动了，我就对上边的人提出能不能换个部门。因为待在这里也闲着无聊。本来换部门是不能自己说出口的，但我因为有画漫画技术，用那里剩的纸把《本生经》那个经典画成漫画，弄成二十页左右的书，书里画了三个故事，给上边看了。在上边的是歧部（哲也）。还附了一封信："自己其实有画这种漫画的技术，如果能对救赎有用，我希望换个部门。"信好像由歧部转给松本知子了。

我本来没怀期望。没有人做那么任性的事，以为不会搭理。不料有一天总务打来电话，告诉我："细井君，从明天开始调去设计班。"我吃了一惊。设计班里有个漫画班，仅一个人，最初只能做简单的东西。不久有个计划要把教团制作的小歌剧配上动画，于是马上从萨马纳里边物色多少能画一点画的人。一共有二十人或三十人。后来我被任命为动画班负责人。

从学生时代我就有兴趣，一直一个人学画电影剧本，可以把分镜头画下来。动画这东西，分镜头在很大程度上决定作品的品质，于是我被看成那个小组的中心人物。

相当有本事的成员聚在了一起，有动画技术的人啦擅长布景的人啦，都有。此外最难得的是，萨马纳里面有人做过动画摄影助手。对动画来说，照相机太重要了，真是谢天谢地。我们搭伴儿制作了很多作品，一共干了三年吧。如今想来，干动画那三年，对于我是比较平和的时期。

不过，虽说平和，内部人与人之间的关系也是剑拔弩张的。一般情况下，部门负责人由“师”担任，但我不是“师”，而是“师”下面的“斯瓦米”级别。因此，既被上面敲打，又险些给下面拉下马来，焦头烂额。例如，要制作品质多少好些的作品，就必须看现世的动画录像带研究细部技术，但上边的人说不能看那东西。但不看做不出来，而做不出来又给上边的人训斥。可一旦要看，内部又有人挤轧：“尊师说不能看，你怎么还看呢？”具体说来，动画班分裂成两派，一派工作优先：应该制作好一些的作品；另一派修行优先：既是修行，就得听尊师的话。这样，渐渐拢不到一起了。此外还有这个那个好多事。

不止这个，男女间的事也不得了。教团内由于男女太要好了而两人私奔的情形频频发生，所以麻原在说法时说：“女萨马纳不得接近男性。不仅不接近，还要憎恶！”也是因为这个关系，我这样的常常成为攻击对象。毕竟是剑拔弩张的空间。

——看上去不太像是朝解脱接近啊，这样子。

的确。一切马马虎虎，有个时期我甚至想算了。实际上内部也是个烂泥塘。烂泥塘般的人际关系。获取救赎的愿望是有的，所以尽管那样也还是拼命努力，但早已心力交瘁。

我也给上边写了两次信，说想算了，不能在奥姆待下去了。大概九二年前后吧。结果，上边派村井什么人下来，这个那个说了很多挽留我。这么着，又一天天拖了下来……

——如果那时退出奥姆，在外面的世界能顺利干下去吗？

是啊。那时我考虑事物达到什么层次了，已经想不起来了。不过出家以后，我看世界的眼睛明显不一样了。就是说，出家后我进入的空间总之是鱼龙混杂的世界。那里有很多很多过去见不到的人。从货真价实的精英、体育高手到有艺术才华的人。在那种鱼龙混杂的空间中，我在他人身上看见了和自己同样的人性弱点，全都看在眼里。

在这当中，以往深深憎恶的歧视啦学历啦这类东西到底不翼而飞，心想大家不都一样嘛！成绩好的家伙照样有他的烦恼。什么呀，原来是这么回事！这对我可是非常宝贵的体验。

另外，萨马纳这些人是彻底讨厌外面的世界的。把在外面世界过普通生活的人说成凡夫，而凡夫只能堕入地狱——这个那个大说人家的坏话。作为出家修行者，比如说，即使撞了别人的汽车，也不认为不好。自以为自己是真理实践者，居高临下看待对方。自己是为救赎而着急的，所以就算撞车把你们的车撞塌坑了，那也与我无关——我认为这未免有点儿过份了，无论如何都不该这么瞧不起人憎恶人。我过去也算是憎恶现世很多东西的，但见他们这样，反而觉得该适可而止才是。以前憎恶的东西才变得不那么让人憎恶了。

——有意思。一般说来，一旦加入新兴宗教那样的团体，那样的倾向都越来越重，但你相对化了。

还是中层管理职务的体验让人难受（笑）。动画班事实上解散是九四年。大多数成员被叫到会议室，告诉大家“往下你们去科学班帮忙”。后来科学班换名字成了“科学技术省”。工作内容是焊接。急切需要焊接工，认为动画班手巧，肯定适合。听得我目瞪口呆。动画制作和焊接明显不同。

到底有什么需要焊接呢？我琢磨不出来。那之前接受了间谍嫌疑检查，动画班全员接受的。对此我产生了疑问：麻原彰晃那人本来是神秘性存在。既然那样，运用神通一眼看穿“这家伙是间谍”岂不就行了？

动画班差不多全员被编入焊接班，直接去了上九（一色村）。那里的第九修行站大量制造了油罐和搅拌机。我们当然没有焊接知识，就跟着骨干当助手什么的。有指示让快干快做，大家都干得很卖命，但怎么也不顺手，工期一拖再拖。麻原下达指示：九四年五月底完成！庞大的油罐口，大得不得了，两吨罐。把铁板狠狠弄圆，弄成筒形，把接缝焊上。再把现成的顶盖扣在上面，继续焊接。没有相当可以的技术是做不来的。居然做出来了，令人钦佩。

工作强度仍然很大，有时一天干十六个小时。全都累得一塌糊涂，又时不时没有供品（饭食）送下来。那种时候甚至两天什么也没吃。那种情况下到底有人发牢骚。其中有人好像说“干不动了”，就不干了。我也不习惯的，又是创伤又是烧伤，脸什么的漆黑漆黑。眼镜也粉身碎骨了。但逃走的人一个也没有，自己对自己说“反正都是为了救赎”。

这时间里我被任命为“师”。想必是领着动画班努力干焊接活儿得到了上边的肯定。虽说是“师”，其实无非是领了带子、库尔塔和一句“加油”，如此而已。不过，成了“师”，世界观那样的东西整个变了。原来像对待朋友一样对待我的人忽然用起了敬语。我再次感到师和下面的人简直天上地下。

成为师以后，可以自由出入第七修行站了。那里由警备班严加警戒，除了少数得到许可的人，其他人不能进入。第七修行站里面齐刷刷排列着我们在第九修行站制造的罐类。就好像化学工厂似的，让人产生说不出来的惧怵。那里有一种非同一般的压抑感。至于到底是做什么的，我猜不出来。足有三层楼高的巨大油罐一个接一个连成一排。还有，气味也说不出是什么味。好像满满混装着化学洗涤剂的气味。另外光也让人发憷。金属都生锈了，地面湿漉漉的。令人毛骨悚然的白色雾霭样的东西飘浮不散，在那里干活的人身体全都不好，干活时摇摇晃晃的。起始我以为睡眠不足，其实是身体发生了变异。

虽然莫名其妙，但想像得出，这里钱的花法截然不同，看样子是奥姆的最前线。估计救赎因此突飞猛进。能够目睹这种作业场景的成员是有限的——自己也被选定为其中一员，这让我感到光荣。不过这究竟是什么呢？不像是武器啊，我感到不可思议。

九四年秋天（大概是秋天）事故发生了。我在第七修行站的三楼间休，从里面露天设备淌出了像用水浸泡干冰时出现的那种白烟。旁边的人说“还是逃吧”，就慌忙逃开了。稍微一闻，眼睛虽然看不见，但喉咙有针扎般的痛感。酸性味儿。那时心想，留在这里绝对死掉。反正是危险场所，第七修行站那地方。

九五年一月一日下达了把第七修行站里面的东西藏起来的指示。就是“把机械设备弄成湿婆神（Siva）脸”的那项隐蔽作业。我被选定为美术总监。巨大的泡沫塑料在深更半夜接二连三运了进来，用来遮住设备特别不妙的部位。

——那么大的油罐有那么多，能遮得过来吗？

首先在露天设备前面用木板做一堵墙，再把泡沫塑料湿婆神的脸贴上去。然后把不宜留在那里的部分分层用木头围起来，在那里做祭坛。二楼用混凝土板三下两下挡住，做成迷宫形状，像照片展览馆似的。上边指示反正要想方设法蒙混过去。花了一个月时间。主要是早川（纪代秀）带领CBI（建设班）干的。电气方面由林泰男负责。我负责美术。我设计脸什么的，CBI实际制作。做得不好看。脸部实在太差劲儿了，无可救药。

那是骗不了人的。无论如何都看得出来。岛田裕巳[①]来亲眼看了，断言是宗教设施。但无论位置还是视觉上都漏洞百出。我心想这样子是不成的，但我怕早川，没能说出口来。

地铁沙林事件发生的三月二十日，我离开焊接班去了清流精舍，给科学技术省二号人物渡部（和实）当助手搞零部件管理。东京地铁洒了沙林这件事是听说了，但压根儿没认为是奥姆干的。根据以往说的情况，对于来自共济会或美国的攻击，教团或许拿起武器战斗，但无论如何都不能设想会滥杀无辜。那已经成了恐怖主义了。

不料大概第三天吧，上九一色村涌来了警察，集中了两千到两千五百名警察。听了，我想这下子糟了！不知为什么，清流精舍从第一次强制搜查中漏下了。于是我们把清流的危险图纸归拢在一起烧了。也去了村井房间，把那里的武器方面的书烧了。还找出了防弹背心，觉得不妙，剪得零零碎碎。对清流的强制搜查大概在国松长官狙击事件发生之后。

---

① 岛田裕巳（1953— ）：宗教学者。著有《奥姆——宗教为什么产生恐怖主义》。

说不定沙林事件是奥姆干的——开始这么认为是在实际目睹仿佛沙林喷雾车那个东西的时候，记得是在四月。至于是在强制搜查之前还是之后，记不确切了，据我的记忆，应该是之后。

——那东西在哪里了？

清流。看见带烟囱的大型喷雾车，我惊呆了：这东西被发现，那还得了！上边马上来了指示，十几个人把它解体了。

强制搜查过后，清流的五十多个人再没事干了，大家就去东京撒传单了。但我去第五修行站帮忙装订或在村冈达子手下画漫画做书来着，做讽刺警察另案逮人的漫画。这么一来二去，村井被刺杀了。我听了，当然吃了一惊，但同时又好像一阵释然。在这里解释当时的心情是非常困难的。但怎么说呢，啊，感觉上这回奥姆也完了！心情一言难尽。肯定自己也已麻木了。虽然麻木了，但说实话，很想脱身返回。却又没有足以脱身的气力，只希望和那个空间融为一体，感觉上。而且也有自己立场方面的关系。成为师的人脱身离去，是自尊心所不允许的。这个那个搅成一团乱麻，尽管有想脱身的心情，却又把它窒息了。

对麻原彰晃的尊敬之念已经相当淡薄了。毕竟那人接连出错，预言什么的全都没中。石垣岛研讨没中，奥斯丁彗星也没说中。萨马纳中间也常说："尊师的预言实在是不准啊！"

就拿村井来说，哪怕上边说的莫名其妙，他也只是诺诺连声。意识到那种现状之后，我对那方面的事情划了很大问号。下面的人也嘟嘟囔囔牢骚不断。在那种像是各怀鬼胎的气氛中，我也变得稀里糊涂起来，却又没有气力作罢。自己已经成了齿轮样的东西，想作罢也不知做什么好。但那当儿村井一下子死了，感觉上自己这回终于能返回从前了。

对于我，村井是很大的存在。回想起来，我大凡去的地方都必有村井参与。印刷厂有村井，动画班也有村井，为器材的事打交道。可是，对我来说是仅次于麻原的奥姆象征的村井的死，并没有让我产生悲痛的心情。“啊，这下我可以脱身了”——这样的心情更强烈。本来是不该这么说的。

正这么想着，没等脱身就给警察逮捕了。据说林（郁夫）和土谷（正实）向谁招供了，科学技术省里边有很多很多人被捕。我就开玩笑说那么自己也会被捕了，不料真来了逮捕令。报纸上也有我的名字，说是杀人及杀人未遂。大约是九五年五月二十日的事。不用说，我没有杀人那样的记忆。杀人及杀人未遂，要判死刑或无期。这让我吃了一惊。

逃跑躲藏也不是办法，上边也劝，就主动向警察投案了。是山梨县警察署。最初沉默来着。说了声“我要沉默”，沉默了三天。但不能总那样。教团威胁说不沉默就堕入无间地狱，可那东西我已不再相信了。堕人就堕人好了！于是从头到尾如实讲了出来。

审讯很严厉，问我的警察再三再四要求我写下“我知道第七修行站制造的是沙林”，但我一直拒不接受：“不知道就是不知道！”但最后精神上已经走投无路了，终于说了谎，写下“知道”。后来对检察人员做了说明。

结果，以延缓起诉之名被释放出来。起诉还是不起诉，似乎取决于是不是在第二修行站参加了沙林制造会议。我没参加，得救了。起初警察问我：“洒沙林的不是你吗？”被欺负得够呛，受不了的。倒是只捅了捅我，没有怎么使用暴力，但每天都那样，心脏吃不消的。一天审讯三次，时间也相当长。搞得我心力交瘁。拘留是二十三天。

被释放后返回了札幌。接下来精神上有点儿不正常，住院住了一个月。呼吸困难，感觉渐渐模糊，晕晕乎乎，一口气上不来险些死掉。这个那个做了检查，但归终大概是精神性质的。

——假如你被村井叫去，命令“你洒沙林”，你会怎么样呢？

当然会犹豫的，我想。我和丰田亨那类人想法有些不一样。我么，即使麻原直接说的，如果自己理解不了，也会不理睬的。并不是说叫干什么照干什么。不过周围气氛也有很大关系。如果情况是逃跑就不轻饶、就杀死，那么就难说了。实际上干的人，我想也还是困惑的。如果实际受到警察或自卫队的攻击，或许主动去干，但那毕竟是攻击毫不相干的人。

只是，我想自己基本没有被指名的可能性。我在科学技术省不是精英。科学技术省里边也分成“大脑班”和“承包班”。我干的焊接工作属于“承包班”，也就是在现场干活儿。相比之下，丰田他们是精英“大脑班”，是被麻原疼爱的那伙人。科学技术省一共有三十名左右师，我在那里边也是下层的。参与地铁沙林事件的是上层的师。

不过，成员里面也有我听了心想“哦，这样的人”那样的角色。若是武斗派那伙人倒也罢了，但差不多全是并非那伙人的精英。想必是麻原以“这家伙必干无疑”那一基准挑选的。那些精英分子的确是“乖孩子”，大凡上边说的无不诺诺连声。村井也同样，不管什么都乖乖听从。不批判，不退却，什么都接受。了不起！若是一般人，那种情况一连持续三四年，肯定土崩瓦解。

只有林泰男有点儿不同。林泰男属于“承包班”的，不是精英。不是地地道道的科学技术省出身，而是建设班出来的，只是当师当久了才去了上边。实际上他也向丰田说来着：“下次有人事变动，我这样的肯定从科学技术省出来。”所以，或许对其他成员怀有自卑感什么的。身边全是研究超导啦基本核子啦的精英，只他一个搞电气的。

林泰男原本是个不错的家伙，后来人格迅速变坏。九〇年前后和我属同一层次，说话也合得来。但九二年当了师以后开始莫名其妙了，总好像一副居高临下的样子，专横跋扈。最初是个温和厚道的人，最后变得对周围人乱发脾气，对部下也满不在乎地胡来。

说起科学技术省，一开始就受到麻原的优待。我在的动画班缺钱也死活拿不到，但科学技术省花多少有多少，天地之差。而且，科学技术省里边也有差别。“大脑班”和“承包班”差别很大。人世这东西，去哪里都是不平等的，彻头彻尾。不知谁这么说来着：要想在奥姆出人头地，除非是东大毕业的或美少女。

——归终在奥姆真理教团待了六年时间，不认为那种岁月虚度了什么的？

不认为是虚度。总之遇到了各种各样的同伴，同样吃苦受累，都成了极难得的回忆。人的弱点啦之类的东西亲眼看过来了，自己也得以成长了。说充实倒是奇怪，但有一种不知明天如何那样的冒险气氛。或者有一种亢奋感，就好像被交给一个重大任务而自己想方设法精心完成了似的。

现在精神上变得相当快乐。当然，对于普通世人的痛苦也是有的，例如失恋什么的，那种“不快乐”部分也有。不过怎么说呢，那也没什么吧，感觉上和普通人一样。

不过，花了相当长时间才达到今天这样安稳的精神状态。离开教团后一段时间里十分瘫软无力。在教团期间，有“自己是真理实践者”这条主心骨。那也是推动力，使得自己无限走向前去。但现在没那东西了，要想推动自己，必须自己拥有力量。离开教团后逐渐意识到了这点。为此郁郁寡欢，很苦恼的。

但和过去不同的是，自己开始有了相当大的自信。在教团中自己也相应积累了各种各样的实践经验，心中得以有了强烈自信：眼下虽不行，但很快就能在这条路上重新站立起来。

眼下在东京生活。使得自己在这个现实世界中生活下去的力量或支柱，到底是同伴们啊，原来同是信徒的同伴们！和那种志趣相投的同伴在一起，就会清楚知道大家都在这艰难的人世上一起努力，而不光是自己一个。这是很大的鼓励。

“曾被麻原要求过性关系。”

岩仓晴美（一九六五年生）

生于神奈川，皮肤白皙，苗条，十分有魅力。说属于奥姆信徒的“美人系”，大概更容易明白吧。始终面带微笑，留意对方，虽不健谈，但对问的内容回答得简洁明快。总的说来，富有亲和性，凡事心细如发。但又给人以相当有主见的印象。

短大[①]毕业后当了一般公司的职员。当时玩得相当引人注目，后来渐渐对那种生活感到不满足，对偶然得知的奥姆真理教

① 短大：短期大学，两年制，类似中国的大专。

世界产生了心往神驰。

有一时期似乎成了麻原彰晃的“红人儿”，但因某种原因记忆被电气消除。那以后长期在忘却之中徘徊。沙林事件发生前不久才恢复记忆。因此，奥姆时期的记忆，有的部分基本完全消失。其前后记忆有明显不同。她已无法找回近两年的记忆。

后遗症没有多少，她说，但决心以后不同奥姆发生任何往来。那对于她已经“完结”。也不很想追索奥姆时期失却的记忆。读了几篇《文艺春秋》上连载的信徒访谈，表示“想请求原谅”。

现在从事美容方面的工作。打算学好技术，贮钱，迟早独立。住在月租金三万日元的“夏天热冬天冷”的公寓楼里，生活俭朴。“不过，由于在奥姆待过的关系，俭朴一点儿也不感觉痛苦。”她笑道。

父亲是个冷漠的人。说冷漠也好什么也好，反正是有点儿怪的人。几乎没有说过话。在什么公司工作、做什么工作也不知道。对那种事也完全没有兴趣。

从小一次也没被父亲疼爱过。认为父亲冷漠的也不光我，母亲也这么认为，所有亲戚都这么认为。父亲本身也像是孩子的吧，好像觉得自己很可爱，自己做事不愿意别人打扰。从旁边看他具体干什么，他马上来一句：“到那边去！”那种时候就走出家门，到离得很近的亲戚家玩。那户人家因为孩子已经长大独立了，所以很疼爱还小的我。作为实际感受，好像在那里要被人疼爱得多。有时我想，假如没有那家亲戚，自己到底会怎么样呢？真有可能变得莫名其妙。

我十九岁的时候父母离婚了。外面有了女人，因此离婚的。那时简直吵得天翻地覆，持续了半年到一年。那时我在念短大，讨厌得不行。在旁边看父母争吵，怕是该说半斤八两才是。不用说，父亲肯定是不好，可看母亲说的做的，也觉得够讨厌的了。想离婚的心情她一点也没有。

当时我也有了男朋友。但自己完全没有结婚过日子的自信。到了结婚年龄也畏首畏尾，怕自己没能力做到。就算喜欢对方，可一想到结婚也还是怕。平时交往约会倒是开心，完全没有问题。

——还是孩子的时候是怎样的孩子呢？

淘气鬼。应该说是活蹦乱跳吧，或者有些烦人也不一定。不过上小学时弄坏了身体，休学半年。另外还时不时偏头疼，经常吃阿司匹林，一直吃到长大。尽管这样，蹦蹦跳跳像野孩子似的天性也没改变。朋友也像一般人那样交了不少。学习倒不怎么样（笑）。

初中、高中都在私立女校。在那里也正常玩耍来着。只是，对同龄男孩子没有兴致。身边的人议论“谁谁有了男朋友”，自己听了也不觉得那有什么好。同龄男孩子全都油光光、脏兮兮的，感觉上。看见男孩子也没感觉，一点儿也没有。脏，一股味儿。心想那德性哪点儿好呢？

——爱好什么的可有？比如做这个感到开心……

说到开心，放学后去哪里看 DC[①] 牌子啦、购物啦什么的。倒不是多么赶时髦，但时装还是喜欢的。

从高中出来去了短大。无所谓的地方。反正要去个地方，去了就是。从短大出来，进了涩谷一家公司工作，事务员。为什么进那家公司呢？因为休假多，觉得蛮好啊，没别的原因。至于特别想做的事，那种事在我完全谈不上。看见离婚闹得昏天黑地，就觉得什么都无所谓了。

我是从家里通勤去涩谷的。那时和母亲两人生活。父亲离婚后离开家了，妹妹也说想一个人生活，独立了。总的说来，妹妹是个冷静或者自有主张的人，和我性格相当不同。

开始工作是一九八五年。那时景气不是好嘛，公司又是旅行又是泡温泉，让人满心欢喜。是啊，反正忙着游玩。外出我喜欢，喝酒喝不来，但还是给喜欢喝酒的朋友拉着喝了好多次。喝得晚了，我就留住在女同伴那里。感觉上一个星期只有一半回家。

---

① DC：日式英语 designer-character brand 之略，名牌时装。

这么着，周末往往累得起不来。可还是这里那里去了好多地方。迪斯尼乐园啦丰岛园啦，都算是普通地方。或跟女同伴一起去，或跟男朋友去。外国也去了，巴黎什么的。男朋友也有过几个，但还是没有想结婚的心情，一点儿也没有。总怕坚持不下去，那样的心情很强烈。

——在旁人眼里，想必玩得不亦乐乎。

有可能是那样看我的，但我心中这个那个想了很多。比如，我没有什么特殊技艺，也没有比别人出色的地方，却又没心绪结婚……可是跟周围人这么一说，都一副惊讶的样子：“哦——，怎么想那个？”

尤其过了二十五六，以前要好的人都渐渐结婚离开公司了，或去别的地方了，我和二十岁时相比也不那么年轻了，是吧？于是有时心想再这样生活下去难免感到空虚。

——所以被奥姆真理教吸引住了。入教的直接契机是什么呢？

一天想去剪发——去平时熟悉的地方——不巧那时没有时间，偶尔去了附近一家美容店。当时费用便宜得很，那以后也去了几次。一天，那里一个男人给我看了奥姆真理教的小册子，说他正想加入。我看了，当时心想：什么呀，莫名其妙！

他讲了净化法什么的。喝水吐出来啦把胃清空啦把细绳放进鼻子啦什么的。我身体不是不好吗，遗传性皮炎也多少出现了。喏，现在这里（伸出胳膊）也有。经他这么一说，他说那么就试试好了。就试了试。结果，皮炎一下子止住了。只做了一次，第二天就没了。

还有，以前我一直没有食欲，只能吃小孩饭碗半碗饭。但自那以来开始吃大碗盖浇饭了，大口大口地吃，母亲都觉得意外。头也不痛了，精神好得很。

这么着，心想：噢，这东西好厉害！那个男人劝我一起加入，起始我一直不情愿，但在他再三再四劝诱时间里，心情就慢慢变了，觉得加入也未尝不可。

——想确认一下，那时你知道奥姆真理教不单纯是瑜伽团体，而是宗教这点吗？

啊，知道的。正搞选举，头戴大象帽子什么的来着。但教义也好麻原也好，对那东西根本没有兴致。只是觉得既然身体变好了，那么去看看的价值总是有的，就是出于这么一种轻松心情。因此才说“暂且入教看看吧”。我想，好奇心那样的东西肯定也是有的。

起初去的是附近道场。和在那里修炼的人交谈了。谈的什么不记得了，那时的印象没留下多少。本来也没怀有多大期待，没怎么当回事。随便说了几句，随便填了表。

——那么宣讲教义也没怎么注意听?

呵呵呵呵，是的。

——所谓填表，是指申请当场入教吧?对方说什么没怎么注意听，教义也稀里糊涂，反正加入再说。这以前我采访过的人都是经过左思右想才加入的。你的情况好像够痛快的……

嗯，我想是痛快的。入教倒也罢了，还要交入教费三万日元，半年会费一万八千日元，加起来四万八千日元，对方说。我说自己没那么多钱，不干。结果劝我加入的人说“那么我出一半”。又不是男朋友，什么都不是。唔，可真够好心的。说好心也罢引导也罢，反正都会成为功德回报自己，所以才有那样的事，我猜想。既是一半，那么就加入吧。

入了教，义务那玩艺儿也出来了。志愿服务活动什么的。必须时不时去道场做交给的工作。一开始没什么心思去。就算叫去，不去的人终究是不去的。但劝我加入的那个人也热心说去吧去吧，加上近，心想去就去吧，就去了。

去道场一看，身穿棉布衣衫的出家人静静的淡淡的，看见那副样子，心想原来也有这样打发时间的方式。和公司啦通勤车啦那种嘈杂拥挤的世界完全不同。身在那种地方，感觉十分舒心惬意。于是我也默默折叠传单或外出分发。这样的事做起来，让人身心放松，一点儿也不苦。身边的人都很亲切，气氛平和。休息的日子去那里，或从公司下班后哪也不去直奔那里，折叠完传单再回家——这样的生活持续了一段时间。奥姆是二十四小时营业，想去什么时候都可以去。

公司里，那时候男女乱来的事相当多——“社内不伦”。我看了很厌恶。毕竟自己的父亲也那样来着，觉得实在不像话。从那样的场所来到道场，气氛截然不同。神经一下子舒缓下来，在那里边不思不想地淡淡折叠传单，心情好得不得了。

那时母亲再婚了。对象找得够快的，呵呵呵。这样，和继父三人一起住。不过那人爽快，莫如说比同真正的或生身的父亲还过得容易。

我出家是在石垣岛研讨会之后。从入教到出家，我算是时间很短很短的了。研讨会记得是在九〇年四月，就是说入教两个月就马上出家了。

在石垣岛，听人讲了哈米吉多顿什么的。但讲这个的只是老资格信徒，也有人通过施舍款额而得以知道很多的。但我只是因为别人劝我去我才去的，没人详细指教。费用花了几十万。提存款付的。当时我好像犹豫来着，心想现在的生活长此以往合适吗？参加研讨会是从公司突然请假出来的，适当编造个理由，弄得人家大皱眉头。

去石垣岛一看，心想什么呀这是！但有指示下来时，大家不是要马上动吗，这个倒还有趣。毕竟自己什么也不考虑也无所谓，照做就行了。用不着一一考虑自己的人生如何如何。在海边沙滩上一起练呼吸法什么的。

那时已经感觉大家只有出家了。那时去石垣岛的人差不多都出家了。我也出家了。一旦出家，就要离开家，公司要辞掉，钱也全部施舍。如果二十岁左右，我想自己大概不至于出家。但已经二十五六了，嗯，出就出吧。

——*那和身在石垣岛那种特殊隔离状况这点也是有关的吧？*

嗯。不单单那个，出家只是时间问题，我想。即使没那次活动，最后也要被拉过去的。不用自己思考和做决定这点还是有很大作用的。把自己交出去就行了，有指示照做就 OK。指示是由据说已经解脱的麻原发出来的。一切都被考虑妥当了。

对教义本身没多大兴致，没觉得多么美妙。只是，消除种种烦恼这点让我以为很了不起。如果真消除了，我想一定快活。比如对父母的牵挂啦、想赶时髦的心情啦、讨厌他人带来的烦恼啦等等。

可是实际进教团一看，那里和一般社会没什么区别。例如“谁谁厌恶感强啊”——这么说岂不还是说人坏话吗！不过是用词不同罢了。什么呀，没什么两样的嘛！我想。

公司反正辞了。不管三七二十一交了辞职申请。随便扯了个谎，说想去海外学习什么的。公司一再挽留，可我执意不从，心里怪难受的，又不能实话实说。可那时我的心情已经明确。

母亲对奥姆一无所知。她看综合节目那玩艺儿。但我解释说出家以后再不能相见了，她还是哭了。她想都没想到事情会这样。忽然精神起来，食欲也上来了，估计母亲觉得纳闷儿来着……“差不多该是放孩子离开的时候了，”母亲说。

——总好像还稀里糊涂似的（笑）。出家生活是怎么样的?

想见父母的人啦、想回家的人啦，那里面是有的，但我当时还一般，感到庆幸倒不至于，但心想出家生活也就这么回事，还不算坏。

去阿苏的波野村，在那里被编进生活班，就是做饭、洗衣服什么的。那时第一次见到麻原。突然叫我过去，我心里一惊。麻原独自住在预制板房子里，把我叫去了那里，两人单独谈了二十分钟左右。

从气氛上看是够厉害的。“你是这样的！”给他这么一说，简直正相吻合。到底还是……你问什么事说中了？例如“在现世一直做这样的事了吧”什么的。还有，“你在现世期间玩得过火了，功德用得过份了”等等，他这么说来着。另外，对了，“你跟几个男人交往了吧”什么的也说了。后来周围人告诉说，能那么直接见面谈话的“是很特殊的哟！”可我有些不以为然：噢？

——不过那类东西只要事先调查，在一定程度上就可以知晓的，对吧？如在现世干了什么等等。

那是的，是会知晓的。不过对方是最终解脱者，在那种独特气氛中给他用含糊不清的语声悄悄一说，就一下子觉得“啊，厉害”到底。一开始感到害怕来着，心想对这个人可说谎不得。但归根结底，根本没说大不了的话。在那里说了什么，记忆中几乎没有。

阿苏的生活够受的，冷。而且出家一看，身边全都是怪里怪气的人，让人不愉快。说怪也好什么也好，反正全是自以为是的人。不懂常识，除了自己的事别的不考虑。这么着，由于同一支部出身的人里边有比较普通的人，就常和那样的人在一起。对麻原也说过一次：“怪人好像不少啊，这儿。”“没那回事。”麻原倒是这么说。

相比之下，上边的人、当干部的人一点儿也不怪。跟要好的师们也能悄悄说真心话。饭田（惠理子）啦新实（智光）啦村井（秀夫）啦——说这些人也可能有人不快，但对我来说都是好人。可是下面的人怪人多，合不来。

从阿苏返回东京在东京本部做事务工作期间，麻原天天往我这里打来电话。什么“情况如何”啦什么“工作间隙做这样的修行怎么样”啦，就说这些。虽然内容不是什么要紧事，但那么给他一说，心里到底高兴。毕竟他并不是向谁都打那样的电话。周围人也说“那是因为前世有功德”。不料，有一段时间再也不打来了，心想怎么回事呢？很不是滋味。如今想来是觉得奇怪，但在那里是那么想的。

曾被麻原要求过性关系。那是在富士山录制班的时候。所谓录制班，就是把说法录音带什么的用机器测量几米几米，然后合成复制。那以前的东京本部和富士的事务工作实在太忙了，很想做那种轻轻松松的工作，就求麻原把自己调进录制班。因为半天修行剩半天干录制班的轻活儿，是我追求的快乐生活。在东京本部做事务工作期间太忙了，三小时觉都睡不成是家常便饭。

那时候，（没有性关系）就那么过去了。心想啊太好了。被麻原叫去房间，事情就成了那样子。之前他暗示了两三次。打来电话，问“月经上次是什么时候”，我心里一惊：“什么时候来着……”他说这次有特别仪式什么的。我觉得纳闷儿，问要好的年长的师，结果对我指教怎么怎么回事。总之就是性交。

虽然被他要求了，但我浑身硬邦邦的。就是这么一种状态（耸肩缩身）。麻原虽然眼睛看不大清楚，但直觉好，对气氛那样的东西很敏感，大概知道我浑身僵硬了吧，中途作罢。刚一碰就那么一种感觉，啊，还好，我想。

但就普通信徒来说，（被要求性关系）是让人欢天喜地的事，或是求之不得的。

——而你不是那样?

嗯，我心里厌恶。当然，尊敬麻原的心情是有的。能根据当时情况迅速改变说话方式啦什么的，我想大家还是被他那种地方所吸引的。对语言特别用心。但那个和这个是两回事，反正觉得厌恶。那样的仪式估计是有的，但没想到麻原居然那样，讨厌!怎么说好呢……觉得和自己心目中的麻原形象不一样。

——但上边的人是知道麻原同女性萨马纳有性关系的吧?

饭田和石井（久子）那样老资格师说有那种事，“过去我也有的”。至于那是好事还是坏事，没那么想过，“哦，坦陀罗[1]这东西好深奥啊!”——只能这么想。原来是那么回事，难怪!

——不过，你拒绝同麻原发生肉体关系后没引起什么反应吗?

那不清楚，因为那以后的记忆消失了。受了电击。现在这里

① 坦陀罗：应指坦陀罗佛教，印度密教。因信仰湿神婆而肯定性欲，往往被其他佛教各派视为异端。

还有那时的痕迹（撩起头发露出脖颈。那里有一排白色疤痕那样的痕迹）。进录制班前的事记得，但那以后的完全想不起来。至于在什么时候因什么理由被人消除记忆的，我也完全不知道。问周围的人，谁也不肯告诉。只是说“大概是你跟谁关系不妙了”。我因为什么都不记得，就让对方告诉我，对方说“已经消除了，不能告诉”。

——并不是你跟谁关系不妙了，是吧？

根本记不得了。当时有个人受到麻原警告，而我非常喜欢那个人，但那个人和那个根本不沾边儿，我就觉得奇怪：为什么警告那个人？

麻原对男女关系如何如何的信息搜集得很认真，一旦谁和谁凑得近了，就严肃阻止。我这里也接到电话：“岩仓，你跟谁谁破戒了吧？”而且说得十分断定。可那个人和我半点儿关系也没有。所以我说：“哦？没有，没那回事。”“啊，是吗？知道了知道了。”说着挂断电话。我觉得奇怪，居然有这样的事。

总之记忆被消除了，恍然大悟已经是沙林事件那年（九五年）的年初了。进录制班是九三年，其间近两年的记忆整个一片空白，不翼而飞。不过么，在京都一家超市里做工的记忆一次忽然闪回，在京都一家奥姆经营的超市。那时的情景始料未及地想了起来。季节是夏天，我身穿T恤，往拉面上“咔嚓咔嚓”打标签。洗衣粉也是这么摆在货架上的。可怕！那时间里完全不晓得自己在哪里做什么。

如梦初醒地回过神来，原来是在上九的密封房间里。密封房间本来是作为师的房间用来修行的，可我像是处于监禁状态。一张榻榻米大小，密封，门连个洞也没开。因是冬天，情况还好。若是夏天，我想会热得要死。外面上锁，只有上厕所和淋浴时才放人出去。

一个比我出家晚的人照顾我，我问："这到底怎么回事？我完全莫名其妙……"但她什么也不告诉。看见一位我认识的师，我问："为什么我被关进这里？"结果对方说："因为无知 karma（业障）、动物 karma（业障）出来了。"但我想那绝对是谎言。因无知 karma（业障）不可能受这种待遇。

楼梯上放着自己的东西，从中取需要的东西时村井路过，说："还在坚持啊！"我就说："怎么回事啊？ 莫名其妙！""那么，今天我在几号密封室，晚上让人开门来我这里谈谈。"我就对照料我的人说了，不料遭到拒绝："那怎么行，不能让你去见！"

我就打算在上厕所时逃跑，跑去村井那里见他。但路上被照料我的人逮住了，你推我搡，T 恤都弄破了，厉害着哩！但想到就这么被领回去就完了，于是大声吵嚷起来，哇——哇——啊——啊大叫。结果大家都出来了，村井也出来了："喂，这边来！"

村井这人平时非常和气，但那时感觉截然不同，冷淡得不得了。只说"那怎么成"啦、"打起精神来"等几句话。

不过当时快要开始强制搜查了，再单独关人不合适，就被转到第六修行站或别的地方去了。接着转去富士干事务。但正是麻原逮没逮捕那一时期，虽说是事务，但几乎无事可干，轻松自在。

——那时已发生沙林事件，到处天翻地覆。你没认为奥姆干了坏事什么的？

没认为。那时以为又是警察无中生有，以为编造什么理由前来没收信徒新的数据来着。（尽管自己惨遭不幸）但没有对教团失望啦或大有怀疑什么的。倒是觉得有点儿奇怪，村井也较过去判若两人了……

我离开上九，是因为指挥系统变得乱七八糟，腻烦了。正悟师级别的全被逮捕了，师开始各自随便发令。见得那种状态，就觉得算了。心想麻原不在了，也就完了。离开时没什么特别问题。想出就直接出来了。

——返回现世没什么不安吗？在现实社会中怕是很难过下去吧？

没那么想。觉得返回现实社会也总有办法。直接去母亲家了，在那里住了一个月。母亲十分为我担心，说她“每天每日看电视，坐立不安”。在电视报道上看到沙林事件，最初我对大家说："这是捏造！"但后来心想出来的人的证言不可能全部相同，就不再吭声了，认为到底是奥姆干的吧。或者不如说归根结底时间给出了结论。

过了一个月，我想得工作了。看得出，母亲在继父面前很加小心，怪可怜的。于是暂且拿了十万日元，离家当了温泉旅馆的服务员。不用押金和额外租金而又能自立，为此怎么办才好呢？就想到了温泉，住进温泉做工就是。

面试当然隐瞒了加入奥姆的事，结果被录用了。但不久警察找来，露馅了。老板娘说不告诉任何人，安心干好了，但我不愿意的。在那里干了七个月。工资不怎么好，一个月二十万左右。好在小费多。小费是关键，所以每天每天像奴隶一样拼命干。这一来，同一位顾客一天给三次小费的时候都有。来时一次走时一次的情形也有几次。在那里攒了钱，取得了驾驶资格证，买了车。在这地方（东京近郊的县）没车就没办法生活。

——听你这么说，你可是相当积极，或者说能干啊！

没有办法的嘛！别无他法才干的。不过回头想来，温泉服务员居然也干下来了！

现在做美容方面的工作。这里警察也来过一次。当时很生气，心想我已被消除了记忆，自己也是受害者，开什么玩笑！但过了一段时间，开始认为自己不是受害者，而是施害者一方啊！

所以对警察不再冷言冷语了，知道的事全部乖乖讲了出来。

如今很健康，食欲也有。身体疼痛那样的症状也没出现。只是记忆回不来了。和奥姆那时候的人完全没有来往。联系也没联系，电话也不让母亲转达。奥姆里面的生活完全不值得留恋。

——你跟正悟师级别的人也有密切关系，你认为那样的人可有制造沙林事件的可能性？

有指示下达，我想大概会做的。尤其新实那样的人绝对照做。和广濑（健一）也时不时说话来着，实在是个老实人。怎么说呢，还是蛮让人同情的。不是被人命令而能够说“不”那样的气氛，感觉上是会说“乐意从命”的。

——审判中很多现行犯都有证言，说“如果拒绝命令，就有可能被杀死，迫不得已干的”。你是说实际并不是那样的？

唔……怎么说呢？不过，若是那种状况，我想都为自己被选中而欢喜，主动干的。普通萨马纳随便应付的人占多数，但当了正悟师，说认真也好什么也好，反正全都是毫不马虎的人。

——现在你这么返回现世做工了，怎么样？以前你认为自己又没有什么特别出众的地方，对活下去本身怀有疑问来着，现在怎么样呢?

啊，听之任之就可以了吧，这样的地方是有的。如果问一如往日的苦恼还有没有了，那没有了。加入奥姆前即使对要好的人，“像我这样的……”那样的话也是说不出口的。说适可而止也好什么也好，反正不能把自己的弱点出示给别人。但如今能够明确表达了。

亲戚还提起了婚事，说差不多该结婚了。可是我想，曾经在奥姆那种犯凶杀罪的地方待过的人怕是不可以结婚的。当然我是没有犯罪，但至少在那里拼命做什么来着。

有时会感到寂寞，是的。尤其去年。和朋友一起外出吃饭，也去哪里游玩，但什么也没有的日子也是有的，一个人回到这里看见烟花“砰”一声升上天空——那种时候往往眼泪夺眶而出。现在倒是不再那样了。

在奥姆见到的人里边，有吸引力的人有相当不少。和在现实社会中认识的人完全不同。怎么说呢，在现实社会中，人与人之间的关系是非常表面的。但在奥姆方面，由于是在一个地方一起生活，所以会多少产生类似家人那样的感觉。

喜欢小孩儿。看见妹妹的小孩儿，觉得真是可爱。但也是因为自己曾是奥姆信徒的关系，想结婚成家生育自己的孩子的念头是很难产生的。想到要向对方交待一切，怕是不可能做到……恐怕还是自己的家庭不怎么顺利这点影响很大吧。在没有问题的幸福家庭长大的人，估计是不至于加入奥姆的，我想。

“在法庭看到麻原的言行，感到作呕。”

高桥英利（一九六七年生）

一九六七年生于东京立川市。在信州大学理学部学地质学，又进研究生院专攻测地天文学。从小学开始就对用望远镜观察天体如醉如痴。因受地铁沙林事件打击而退出奥姆真理教。其后上电视等媒体批判教团，出版了一本书：《自奥姆回归》（草思社）。因为他在书中已详细写了他是怎样加入奥姆真理教团和从中出来的事实，所以访谈中没再涉及。书写得相当好，饶有兴味，想具体了解的人士最好一读。

高桥君在研究生院就读期间同来信州大学松本部校区演讲的麻原彰晃接触交谈，随后在井上嘉浩劝诱下入教。后来由于研究活动太忙而从教团中消极退出，但还是无论如何也无法在“现世”集中精力学习，于是重新入教，成为出家信徒。那是松本沙林事件发生前的九四年五月的事。

在教团中属科学技术省，在村井秀夫手下工作。麻原彰晃直接命令他开发电脑的“地震预告软件”，如此辛苦开发的软件所出数据直接预告了阪神大地震的发生，受到表扬：“干得好！”

说话思路十分清晰，富于逻辑性——这或许可以说是奥姆真理教信徒（原信徒）的共同特征——逻辑讲不通便不能认同。而若逻辑讲得通，便积极接受。看上去他有不少那种认真表现。不错，以那样的眼光看周围事物，“现世”也许是充满混乱和难以忍受的场所。就他而言，正因为逻辑思维能力出类拔萃，所以他似乎愈发陷入“意义的语言化”这种在某种意义上没有出口的、宏观与微观犬牙交错的个人循式之中。

现在进了一家测量方面的公司，普普通通做事，普普通通生活。但他说仍在拼命思考奥姆真理教是什么。因此，只要有时间，至今仍去审判奥姆真理教相关者的法庭旁听。

大学时代参加美术部，方方面面很活跃。但在自己心中，我想乖离感是相当强烈的。就是说，到外面进行外向型活动的自己和内在的自己是分离的。不错，参加活动时很开朗很热心，朋友也交了很多。可是一旦回到自己房间，整个人就一下子陷入极其孤独的世界中。而且，能够同自己共同拥有那样世界的朋友四周一个也没有。

从小就有那种倾向。记得还小的时候时常钻进壁橱里，懒得同父母见面。在房间里也不具有自己的空间那个东西。毕竟小孩子要受到父母这样那样的干涉。而要从中逃脱、能够得到安宁的空间，就只有壁橱了。兴趣也许有点儿古怪，但一个人关在漆黑之中，觉得自己的意识正“吱吱”有声地变得越来越尖锐。大概可以说自己在黑暗中同自己本身相对吧。因此，奥姆的 retreat（“隐遁性”）那样的东西，在某种意义上是我过去就喜欢的。

整个钻进被窝睡觉我也喜欢。把被蒙在头上，自己就进入了另一世界。意识仍在发生。尽管发生，但我已进入现实与梦幻世界的中间地带。在那里，我可以自由自在地去任何地方旅行。就是说，我在被窝里构筑了只属于自己一个人的世界那样的东西。那东西让我欲罢不能。

上初中时时常听前卫摇滚，就是平克·弗洛伊德的《迷墙》(The Wall)。本来是不该听那玩艺儿的（笑）。心情变得非常悲观厌世。得知葛吉夫的存在是通过克里姆森国王乐队。克里姆森国王有个名叫罗伯特·弗里普的吉他手，他是葛吉夫的信奉者。接受葛吉夫以后作风为之一变。那样的音乐对人生观的影响，我想是相当大的。

高中是在立川高中，在那里属于体育部。打篮球和羽毛球来着，哪个都够累人的。

上大学后，想和社会划一条线活下去的心情在我身上强烈起来，即所谓“暂缓履行”(moratorium) 之人。我们这代人是在日本变得富裕的时代长大的，具有从那里观望社会的意识。而且，我无论如何也适应不了那里的“成年人社会”，感觉上好像扭曲得不成样子。这样，我就开始思考：有没有同那个不一样的另一种生存方式、看待世界的方式呢？大学时代是有相当多的自由时间的，使得那种意念在脑袋里迅速膨胀起来。

年轻时那种事是有的吧？自己脑袋里想得天花乱坠，而一旦落到自己实际生活这个现实层面上，看到的就全都是自己笨拙的真相。那种类似焦躁感的东西，我想在我身上是顽强存在的。

为了从那种焦躁状况中挣脱或站立起来，我当时把脑袋扎进了很多方面。千方百计想从哪里获取自己生存活力那样的东西。有现世生活上的苦闷，有对现实社会矛盾的疑问。为了从中摆脱出来，我以自己的方式描绘了理想社会图像。正因如此，才被标榜与自己一拍即合的理想社会的宗教团体巧妙拉了过去。

说起奥姆问题，往往马上提起类似亲子关系别扭啦倾轧啦那样的话题，可我想问题没有那么简单。现实性挫折、家庭不和等等或许的确是奥姆吸引人的一个原因。但更大的原因，恐怕莫如说是我们大家都怀有的对于世界矫枉过正的末世式感情那样的东西。如果着眼于我们整个人类、所有日本人都普通感觉到的事，作为很多人被奥姆吸引过去的原因的家庭不和等问题就不至于等闲视之了。

——等等，日本人果真都怀末世观不成？

也许不能简单一般化说都有。虽然不能，但被末世观深深侵入的感觉恐怕大家心中还是有的吧？对于潜在性的、肉眼看不见但确实存在于那里的恐惧什么的。所以，关于是不是所有日本人都被那种末世观所威胁这点，归根结底，既有已经剥掉那层黑色面纱看在眼里的人，又有被那层面纱遮挡的人——恐怕不外乎这个层面的差异吧？假如一下子拨开那层面纱定睛往里注视，我想任何人都会畏缩或被一种恐惧感所威胁。

恐惧感是针对不远的将来的。作为自己生活基础的社会本身在不远的将来究竟会怎么样呢——也就是对其走向深深忧虑的心情。越是爬上顶点，或者说一个国家越富裕，我想那种心情越强烈。也就是说，那种阴影越来越大。我是那么认为的。

——可我觉得较之“末世”，好像“下滑”、“没落”那样的表达方式更接近……

或许。不过，《诺斯特拉达穆斯的伟大预言》那本书，从我上小学到上中学期间是相当有名的，那种类似末世感觉的东西通过媒体作为信息相当深入地吃进我的意识中。这不会是仅仅我自己一个人的认识。归纳为简单的世代论可能不够合适，但在当时，我想日本人都把“一九九九年末世观”那个东西牢牢嵌在了脑袋里。那时我计算来着：一九九九年我三十二岁。咳，已经成大人了，必须在这个糟糕的世上活下去。那种阴暗的感觉那时就已形成了。

奥姆出家信徒，说到底就好像各自在心里接受末世似的。他们出家时通过把自己的一切抛弃而将现世的一切付诸东流。也就是说，已经一度接受终结的人——仅仅那样的人集中在一起。而对近期未来仍怀有希望的人还有相应的执著。有执著，就不可能把自己抛弃掉。但是，已经出家的人好比从悬崖上一咬牙跳了下去。从悬崖跳下去是有一种快感的。体验到这点的人因而另外获得了什么。

所以，末世这东西成了奥姆真理教的一个主轴。以哈米吉多顿来了为理由劝人出家，施舍全部财产，这是教团的资金来源。

——不过，以末世观为卖点的教团，除了奥姆还有很多啊！耶和华见证会①是这样，维科的大卫教也是这样。奥姆哪里不同呢？

宗教学者罗伯特·里福特曾经说过：“具有以末世观为中心教义的新兴宗教团体虽然很多，但主动呼唤末世并主动朝那边突进的只有奥姆真理教。”那时我心想是那样的吗……

对于奥姆真理教某部分中的极其强有力的原动力的存在及其趋向，我至今仍有不能理解的部分。具有那么惊人的活动又把那么多人——我当然也包括在那里边——紧紧吸引住的教团，怎么变成那个样子了呢？

学生时代我受到许多新兴宗教的劝诱，也去了许多教堂和道场。但当时在认真摸索基于那一宗教观的生存方式并且严格实践这点上，超过奥姆的宗教一个也没有。毕竟奥姆是最厉害的。在其实践面前我大为惊叹。和流于观念性、求取虚假安稳的其他宗

① 耶和华见证会：基督教支流之一。十九世纪下半叶创建于美国，反对现有教会的教理，认为千年王国已经开始。机关刊物为《守望楼》。

教不同，修行也动真格的。必须首先变革自己的身体，作为其下一步而变革人世——这样的宗教观让我异乎寻常地感觉出现实性。我当时心想，假如有（救赎的）可能性，那么大概就从这样的地方开始。

例如关于地球粮食危机，奥姆说如果像奥姆那样全都一点点减少粮食的摄取，那么问题就有可能圆满解决。不是增加供给，而是改变身体。我也认为的确是那样。奥姆的人全部只吃一点点，人类往后要想同地球和谐共生，就必须那样考虑——或许这样的时代已经到来。

——那好像是库特·冯尼格特小说《喜剧片》(Slapstick)。在那里面，为了解决粮食问题，中国人都把身体尺寸缩小一半……

够有意思的。

其实我是分两次加入奥姆的。第一次并没有那样，但第二次加入时清清楚楚感觉到类似暴力阴影的东西。从第一天就觉得啊糟了！在支部里的时候，因为那里是以在家信徒为中心的，教团到底戴的是光朗面具。毕竟对象是过普通生活的人，所以在那里显得温情脉脉。不料到了上九一色村，这里只有出家信徒。所谓出家信徒，清一色是抛弃一切来此集中的人。在某种意义上，大家已经没有退路了。一种穷途末路的紧张感在那里喷涌而出。

我进去的时候，当即分到我头上的工作是制造大型清洁器。

当时教团强调自己将受外部沙林攻击，为了将其毒性减少一半而想出的办法就是制造大型清洁器。对我劈头一句：你来制造那个机器的零件。

我出家前听过一次教祖的说法。“吭吭”咳嗽着，“我现在给毒瓦斯盯上了。”他开口说道。黑着脸一副筋疲力尽的样子。这东西有惊人的现实性，我好像完全给那种临场感镇住了。“往下我只有一个月了。这样下去，教团要彻底覆没。在那之前，希望相信我的人聚集在我下面。”他说，“你们要当我的后盾。”那场说法实在非同一般，当时作为信徒在家的人全都一下子摇摆起来。作为对宗教有信仰那种东西的人，心想在教祖如此身处险境的时候，如果自己完全无动于衷，那么岂不也算不上有信仰。于是一下子有二三百人出家了。总之我也被卷入浪中。宗教性探求之心和对教祖的忠诚之心被巧妙地置换了，我认为。

眼见有什么不妙是在接受“基督仪式”的时候。这是让全体信徒喝麻药性药物的仪式。但做法无论怎么想都非常随意。即使将在宗教的名义下使用那种药物让人一头扎进精神世界而大致作为一种手段——尽管相当可疑——认可，那也要做得——既然做——认真些才行。我想那是近似LSD的东西，但接受的人估计全都是第一次，所以其中有人神思变得不正常起来。结果把变得不正常的信徒就那样扔在那里不管。目睹那样的场景，我彻底厌恶透顶。就算以深入精神世界为目的由教祖决定的，在管理上这样子也太不周到了嘛!

对于这次基督仪式我产生了强烈的抗拒感。接受之后我相当苦恼，真想直接退出来着。把我打击得几乎流出眼泪，沉思这里到底算什么呢？也不仅我一个，干部级别的人也对基督仪式相当困惑。就连成为“成就者”对麻原五体投地的人都这样。甚至让人感到教团已开始腐败。

我虽然自己说是“冒险入教”的，但为了开辟未知世界，就必须对其体制给予某种程度的宽容——不是说入乡随俗吗——所以我大体接受了那个体制。但并不等于把它的世界观、生活观毫无保留的全部接受下来。那样的地方我身上是有的。因此，一方面有主动熟悉奥姆不无奇异的生活体验的感觉，另一方面又想以清醒的目光看个究竟。

常有人问：“高桥君，你为什么没有被教团的教神控制所控制住呢？”其实作为我也不知怎么回答。总而言之，或许我是把奥姆教团作探索之于我的宗教的一个阶段来把握的。但这是因为出家还不到一年而有余裕才这样说的。假如三年前就进来会怎么样呢？这点我也不明白。而且，毕竟才一年时间，自己的思维系统那样的东西还在一定程度上保留着。

这样，我在出家一个月的时候就对基督仪式大失所望，开始认真考虑是不是退出。但我是口出豪言来这里的：“我抛弃现世出家了！”而不出一个月就说“还是不行啊，我得回去”——这是很难说出口的。不好意思啊，这怕是自尊心问题。说起来，宗教和自尊心本来就是矛盾的……

那时我对教团的疑问越来越大，交给的工作也没能正经着手。例如（为了解脱甚至允许杀人的）巴迪拉耶纳教义之类不是那么容易接受的东西。但一来周围没有信徒可以就这样的问题互相商量，二来教祖高高在上，不能直接说话。就算对身边的信徒摔出疑问：“你不认为教团这种地方有点儿蹊跷吗？”得到的回答也无非不痛不痒的东西：“高桥君，可是只能跟教团走的哟！”因此我想，必须找相当够级别的干部问问才行。

正这么想来，不久我被新实、饭田惠理子和纳罗帕师（名仓文彦）叫去，以仪式那一形式把我收拾了一顿。什么“你为什么不能过教团生活”啦、“那岂不修行不了”啦、“还没皈依教祖”啦，这个那个严加指责。

那时我以为机会难得，就把自己感觉到的种种疑问一咬牙抛了过去：“不，且慢，我现在对教团有这么多疑问，所以不能完全交出灵魂致力于教团活动。”随即把自己感觉到的一古脑讲了一遍。结果饭田惠理子说：“我们在那点也是同样，但只能追随教祖，别无他路可走。”

“对教祖你都不清不楚，怎么能够追随呢？”我继续问她，“不错，我也是相信教祖的。可是，不了解教祖到底是什么人，是不可能（不加批判地）追随他的吧？”我这么刨根问底。但回答还是那句话：“反正只能追随教祖。”

这样，我彻底泄了气。原来玛哈姆德拉的得道者、集众人尊敬于一身的人（饭田惠理子）不过是这个程度！你这样子居然也得道了？既是这个程度，再多问也无济于事。于是决心去问了科学技术省上司村井秀夫，但全然不予回答，只是沉默不语。看来往下只能直接问教祖了。后来算了，决定默默修行。

在教团中，井上嘉浩是我唯一感觉出精神纽带的人，很想不客气地问问他。但阿南达（井上）转去哪里做秘密工作，完全联系不上。如此这般，闷闷不乐过了几个月。

虽然我进教团是第一年，但我在科学技术省的上司村井秀夫命令我搜集地震方面的资料。当时教团的方向性实在一塌糊涂。考虑到那种现状，自己无论如何也不能集中精力安心工作，我总是这样想。根本看不清教团往后要干什么。因此，我果断地问村井："我总觉得教团好像有幕后部分，是不是这样呢？"我因参与占星术的关系留在教祖近旁，所以能日常性目睹一般看不到的干部的行动。他们的每个行动甚是煞有介事，或者蒙着一层厚厚的面纱。而位于幕后部分中心并掌握关键的，似乎就是村井。所以我才想直接问他。可是当面不好开口，就在电话中说了。村井沉默片刻，说"你辜负了期待"。在那个阶段，我感到自己在教团的人生结束了。总之就是被看成了"不能作为教团方面的人、作为棋子使用"。

我不认为奥姆犯罪纯属胡作非为，而认为那里有他们自己一个明确的宗教目的。未尝不能说是胡作非为的部分也可能有的，但应有宗教观切实介入其中。我想详细了解那一部分。而能好好解释的，我觉得恐怕只有麻原和村井秀夫。其他信徒有可能仅仅被作为棋子使用，但这两人不同。他们应该是在自觉把握其行动目的基础上根据需要发出指令的。说我在那里边战斗也好什么也好，反正独自应付的对象，恐怕就是那两个人的动机（motivation）。

成为沙林现行犯的多数人完全是教祖绝对主义者，无论对教团有怎样的疑问，他们都对那东西不理不睬，只管言听计从。相比之下，丰田亨君是大致有他自己的想法的。每次我提起对教团的疑问，他都会多少陷入沉思，回答说："不过么，高桥君，世界已经是哈吉米多顿了，那种话是说不得的哟！"如此这般，大体通过自己的思维体系给予回答的余裕在他身上是有的。但不是那样的人占多数，也就是完全不经由自己思考、"跟随教祖即可"那样的人。虽然同是信徒，但跟那样的人也是谈不来的。同一个教团，里边的人也五花八门。

丰田君差不多和我同一时期加入教团，从个人角度很了解，但他出家后较短时间里就升格为干部。"我对教团的动向也不很清楚，但既然暂且成为干部，只好那样做。"他说。我听了，心想他也很不容易。那还是沙林事件发生前的事，我猜想这个人所处的立场肯定比我难受得多。一段时间里我给他开车来着。

几乎所有的干部都是慢慢花时间成为教团的人的，但丰田君是所谓即席型的。出人头地的确早啊！这方面被教团巧妙利用了。

——假如村井叫你洒沙林，你会逃走？

我想会逃的。但逃的方法很有窍门。现行犯们被置于无法顺利逃走的状态下，而后以乘虚而入的形式下达指示。他们被集中在村井房间里，始料未及地来一句“其实今天……”完全劈头盖脑。接着说道：“这是上边的命令。”这已经好比咒语了。现行犯挑选的都是当时信仰十分真诚的人，并且告诉他们“你们是被特别选中的”，从而诉诸使命感。将他们赶到走投无路的地步，然后下达命令。皈依是奥姆真理教中的信仰基石。那里有一套在此名义下整合好的程序。他们被这个套住了。

所以，作为现实问题，我想我是不会被选为现行犯的。我还是小喽啰，也没有得道。也就是说，还没充分受到教团信任。那样的人他们恐怕是不会选的。

——我有个疑问。我采访地铁沙林事件受害者的时候，其中有几个说“假如自己在奥姆里面，并在那种状态下被命令洒沙林（以在公司做工作的经验来说），恐怕是拒绝不了的”。但是，你尽管实际在教团里面，却说自己“会逃的”，这是为什么呢？

这点请允许具体解释一下。“逃”这个说法也许有点儿狡猾。说明白些好了。掏心掏肺地说，如果村井那么说，我的确可能逃走。但如果井上嘉浩对我说：“高桥君，这是救赎。”并把袋子递过来，我想我是无计可施的。如果他让我跟他走，没准我想跟去。一句话，那是人与人之间的关联问题。

村井固然是我的上司，但他是居高临下——说冷淡也好——的存在，假如由他下达“洒沙林”的指示，我想自己很可能逃走。当然，我会追问为什么做那样的事。而若他强调“这对教团是必须做的事。事情倒是污秽的，但无论如何都想请你去做”。那么，我说不定巧妙隐藏自己的本意，姑且接受下来，而在动手前设法一逃了之。就像广濑（健一，圣杰雅）因为困惑而一度下车那时一样，我也在左右为难之间最后逃走了事。我想我会那样的。

但是，井上嘉浩这个人是有令人动心的地方的。他身上有一种非常虔诚的宗教使命感。如果看到他苦闷的情形，我想我会为他两肋插刀。老实说，那时他给了我极大的影响。所以，如果他向我强调“这是只有我们才能完成的使命”，没准我会跟上去。那么想的时候也是有的。

——往下自己的行为有可能伤害别人——在和这个不同的层面？

是的，在另一层面行动。所谓“在另一层面行动”，就是说在考虑驱使人行动的原动力那样的东西的时候，逻辑性思考大概是极为脆弱的东西。例如，被命令“洒沙林”之时，我怀疑那些人（五个现行犯）未必处于能够进行逻辑性思考的状态，未必有逻辑上认为“这是不可以的”而能够做出“那么算了吧”那一判断的精神余裕。估计并没有那样的余裕，而以被当时气势所压倒不知所措的状态乖乖听命。如果有逻辑性思考发挥作用的余地，我想任何人都不至于做那种事的。在强有力的教祖主义下面，每一个体的价值基准那样的东西已经全部土崩瓦解。我猜想，那时候，甚至“做这种事会导致很多人死亡”这一念头进入脑袋的余裕恐怕都不存在。

就拿我来说，在教团待三年都不明白所以然，二者同一回事。“我绝对没问题”这样的话是无论如何也不能说的。那个时候，自由怀疑教团并将其在人前提出的感受性在我身上还有所保存。但无论怎样顽强抵抗，怎样力图阻止，自己都无可奈何地崩溃下去。进了教团，上边把种种事情强加于己，一再强调“你连这个都不能接受？那是因为你皈依不够”，自己无论如何都硬不起来。我算是好歹坚持住了，但即使和我一同进去的，也有不少人一蹶不振。

——那么，如果麻原彰晃本人命令说：“高桥，你来！”你会怎么做呢？

我想我会向麻原问清楚。如果他能让我理解，我就听。否则，我就一直问到我能理解为止。其结果，我想我会被取消任务。在那以前我曾在麻原面前直言不讳，他说“你是个表里如一的人”。不过，老实说，在麻原彰晃和村井秀夫面前我大概不会动心的。因为他们没有对我推心置腹。

问题是，如果对象是井上嘉浩，刚才说的“也许跟上去”同“可能实际付诸行动”仍是另一问题。面对就即将发生的事一无所知的人，果真能够麻木不仁地默默将伞杆尖插入沙林袋不成？就能把自己这一存在冷冷放弃到那个地步？

——打断一下。你刚才使用了“强有力的教祖主义之下”这一表达方式——那么说，你是置身于教祖主义之外，是吧？而奥姆真理教团信仰的本质即是教祖主义，作为逻辑是不是有矛盾？

前面也说了，我在做基督仪式那个时候（对教团的运行方式）感觉出了极大的疑问。并且当时把那种疑问以书面形式整理出来。但是，即使我想提交，教团里也没有予以接受的态势。对于那种信徒与教祖两相隔绝的状态，我的确产生了幻灭感。

——那么，那一阶段到底是什么把你留在奥姆真理教里边的呢？那里有麻原彰晃、有教义、有同伴——是其中的什么呢？

对我来说，几乎什么都没有了。对于教团和教祖，目睹其实态使得我无论如何都要产生疑念。我只是把信仰赌在作为发端的同井上嘉浩的相遇上面。不妨说那是把我和教团连在一起的几乎唯一的因素。

在教团中我是孤独的、孤立的。在科学技术省中让我研究占星术，可是我对那东西毫无兴致。我也算是进研究生院从事科学的人，一边使用关于天体运动的正确的科学数据一边将其仅仅用于占卜——对于持续进行这种怪诞的作业我有极大的抵触感。奥姆里面，把“超能力愿望”作为一个研究课题，不过老实说，我不大理解有那种愿望的人的心情。总觉得好像阴差阳错似的。

那么，几乎没有什么可以留住自己的，而我却继续留在“去不掉疑念”的教团里，这是为什么呢？说到底，大概是因为我已经抛弃了一切吧。加入奥姆时，我把收有自己过去照片的影集一烧而光，日记也烧了，和女朋友也分手了，全部抛弃了。

——可你才二十刚过吧？年龄上足可从头做起。再说——这么说也许失礼——抛弃的好像又不是多么了不得的东西……

在您看来或许不是了不得的东西……（笑）但我认为我这人还是够顽固的。奥姆信徒一个共同特征，就是这种顽固性。包括我在内，对于怎么都无所谓的事却顽固地一门心思穷追猛打。不过，由于全力以赴，可以从中得到充实感。教团方面也巧妙利用了这一点。修行也是同样，还是把某种程度的程序完成了更能得到充实感。对奥姆来说，充实感是个诱饵。所以才提供剧烈的修行。修行越是剧烈，从中得到的充实感越大。

我去奥姆出家时，感觉上是自己主动抛弃现世的，算是自我陶醉吧。至于是不是真正以自己的意志出家的……恐怕不过是自以为是罢了。后来突然发生了地铁沙林事件，我退出了奥姆教团。以前觉得神秘的东西作为幻想一下子荡然无存。感觉上就像正呼呼大睡的时候，听得一声“起火了”而赶紧跑去外面。因此作为我，认为决不应忘记这一系列奥姆真理教事件，不能让它风化，必须花一生时间认真对待。不能让奥姆真理教这个阴影、这个黑暗部分绊住自己的腿脚。

——关于末世论想再问一次。奥姆所说的末世论是犹太教＝基督教性质的末世论。

“千年王国[①]”这东西完完全全是西方想出来的，诺斯特拉达穆斯也和佛教没有任何关系。

奥姆真理教的哈吉米多顿，我想无论具有怎样的独自的思想，归根结底也还是敌不住基督教的末世观的。说敌不住也罢，说被吸纳了也罢。所以，仅看奥姆真理教作为支柱的佛教、西藏密教性质的东西，恐怕是不能很好解释这一系列与奥姆有关的事件的。

上面我举诺斯特拉达穆斯这个例子来说明末世观不限于我一

① 千年王国（millennium）：基督教认为基督重新降临统治人世的一千年间。

个人，意思是说基督教信徒也罢什么也罢，说到底恐怕都是大体背负末世式气数这个东西的。

——末世观这东西，老实说我不大明白。但是，如果那里存在某种意义的话，那大概在于如何在自己内部将“末世观”加以解体——我忽然这样觉得……

一点儿不错。其实我也想说这个。末世观这东西，我认为不是确定的思想体系，莫如说是一个过程。末世观之后，肯定有净化它的运动。在这个意义上，我认为奥姆事件是一种解放。迄今为止一再积压的日本人的扭曲意识、积怨那样的东西在精神层面一举解放的表现，大概就是奥姆事件。但我不认为那种现象和状况通过这次奥姆事件而烟消云散。潜在性侵害社会的病毒式末世观并没有被彻底消除。既没有被消除，又没有被消化。

有一种意见说，在个人层面把那东西一扫而光不就完事了！但我想说的是，即使可以从个人手中把那东西放走，也绝不意味作为社会性潮流而潜在性受其侵害的病毒式末世观已经寿终正寝。

——虽说是社会整体，但普通人——或者不如说是保持相对平衡的人——也还是分别以自己的方式将那种“病毒式末世观”迅速解体，而在你所说的“现世”中自然置换为其他东西，不是这样的吗？

你是说解体作业吧？我也认为那是非做不可的。我认为麻原彰晃这个人没能进行那样的解体作业而在末世思想面前败下阵来，以致不得不以自己的手制造危机。我觉得麻原彰晃这个宗教家的末世观败在了（更大的其他）末世观面前。

——从小感觉到的壁橱式“黑暗世界”同你的奥姆真理教体验结合在一起了？

有白昼世界和黑夜世界。我之所以一门心思出家，是因为我有这样一个认识，即在白昼世界里，我身上类似隐秘愿望那样的东西无论如何也消解不了，所以我才参加了扼杀白昼世界或者说自行抛弃白昼世界那样的活动，所以我才打开了奥姆真理教的门扇。这同遭遇自己心中的黑暗是同一回事。

这样，看见井上嘉浩君、丰田亨君他们的所作所为，我就梦见说不定自己也是他们。这可真是恐怖体验，早上醒来时浑身油汗。但那不是做梦，而是我眼前实际发生的事。换个说法，我的黑暗中的东西全都被奥姆真理教吸纳过去，暴露在光天化日之下。

正因如此，我才自以为自己是很认真对待有关奥姆真理教的一系列事件的。法庭也尽可能去了。但是看到法庭上麻原彰晃的一系列言行，觉得自己被他耍弄得好苦。说感到作呕也好什么也好，实际上也呕吐了。腻烦透了！甚至觉得那东西不值得看了。

但是，即使那么一副惨不忍睹的样子，我也还是不能把眼睛从他身上移开。不能小看他。尽管是一时性的，然而麻原彰晃这个存在毕竟在世上产生了作用，制造了那样一起惨案——我想这一事实是忘记不得的。就算在自己身上告一段落了，但如果不能跨越自己内部的“奥姆真理教事件”，那也是无法迈出新的一步的。

同河合隼雄[①]先生的对话

围绕《地下》

此次对话于《地下》印行后约两个月的平成九年[②]五月七日在京都市内举行。刊于《现代》杂志九七年七月号。收于本书之际，由村上进行了合成。

村上　您作为治疗专家与人面谈，那种面谈一般要重复好几次吧？我为《地下》做的采访有的部分也好像和那种面谈相似，但差不多只采访一次。那方面的实际差异是怎样的呢？

河合　通过和那个人见面几次，我也会在很大程度上改变态度。想到往后要同对方长期见面，那么我对事实的把握和自己想法的表明就几乎全部放弃了。

举个例子。当来访的人说“我为这样一个问题感到苦恼”的时候，有时完全不触及其父亲。那种情况下我有时不问：“对不起，您父亲是怎样一位人士呢？”没有问的必要。相比之下，更对那个人的“真实”感兴趣。

但是，如果同对方见面次数有限，我就特别想问其父亲的情况。几次见面当中，有时甚至感到非问不可。比如是不是有重大犯罪的人啦、恨不得马上死掉的人啦，在这种情况下我就一一细问。因为若不把握事实关系，那是让人害怕的。他是怎样自杀的啦，以后是不是还要自杀啦，这毕竟是要问清楚的。另外，如果对方犯有杀人罪，也要问明白杀人时是怎么想的等等——因为，这个若不问个水落石出，就会影响自己的面谈方式。

村上　有重大问题的对象和没有重大问题的对象，接触方式是不一样的?

河合　不一样。高中生来了，说："我不去上学！"我只是"唔……"一声感佩地听着，绝对不说什么"你父亲呢"。因为那个人的真实情况浮现出来才是关键，焦点要聚在那里。

但是，《地下》仅仅采访一次，如果不在某种程度上把握事实就不好办。如果属于这种情况，我想我采取的接触方式也是大同小异的。只是，对一开始就询问事实这点，我会慎重一些。最初会尽可能让对方畅所欲言。

村上　接连询问事实，有时候相当不好受的。我做这件事最不好受的——或者说伤脑筋的也好——就是提起事件之后，既有人往好的方面发展，又有人相反变糟。我也在采访当中变得苦恼

① 河合隼雄：日本著名荣格派心理学专家，京都大学名誉教授。曾任文化厅长官。著有《民间传说与日本人的心》、《心灵处方》等。

② 平成九年：1997 年。

起来。

河合　这我很能理解。

村上　可我要写一本有主题的书，是为了在一定程度上澄清事实而采访的，不能不问事实。至于可以问到什么地步、写到什么程度，这方面想起来还是有难度的。当然您不一样，面谈的目的就不同……

河合　我们总是考虑那方面情况和人见面。对方快要说过头的时候加以制止："这个下次说好吗？"

村上　那在经验上是可以明白的吧？

河合　是的。经验也是有的。另外听对方讲的过程中，我们也会对自己的感情变得极其敏感。所以，在觉得有点儿怕的时候马上制止。

村上　但为了写书就不能那样制止的吧？

河合　那是的，本来目的就不同的嘛。不过，制止之后，就算对方当时变得不快，但成为下次变好的台阶的时候也是有的。所以不能简单说好说坏。就算因为失言而情绪一落千丈，也会转念振作起来——"到底是那样啊！"——这种情形也屡见不鲜。

村上　我在采访的时候也尽可能让自己的感觉变得敏锐些，本能地判断种种问题。但毕竟下一步把握不了那么多。即使"结果是好的"，到那一步要花多长时间也是无从得知的。

河合　是啊，那一步很难判断。毕竟是对方提出面谈的，所以在某种程度上弄不清楚也是没办法的事。还有，作为亲身经历大谈特谈，而家人或周围人听得不耐烦那样的反应作为情况也不在少数。但这么成书后以铅字读起来，就会变得心平气和。“啊，原来是这样的啊！”——周围人也会理解。在这个意义上，应该是让人高兴的吧！

村上　与此相反，感觉上工薪阶层的多数人往往“过小申报”受害情况。即使受害为十，也只能说出七。就算说出十来，成交的时候也提出压缩为七。如果不接受，就说：“那地方不合适，别采用了！”那就是公司。对方那么说，写的人心情就很复杂。

河合　如果这个那个太难了，我就放弃不写。如果把我现在做的事如实整理成文，我想对大家更有作用。把那些人的苦恼原封不动写出来，就能更准确地传达苦恼是怎样一个东西。但做不到，因为我们的工作有保守秘密的义务。

我写的时候，当然要征得对方同意。或者多少编造一点儿。但编造的东西总好像没有感染力，不可思议啊！大家也许觉得编造的东西反而有趣，但我们编造起来，那东西是苍白无力的。当然创作是另一回事，毕竟创作是从自己的身体出来的。但我们弄出的仅仅是编造。

村上　我所以想写《地下》，目的有两个。一个是想搜集没有被媒体程序化的第一手信息，另一个是彻底以受害者的视线看问题。这是因为，从那样的立场写的书还一本也没有。

我觉得，就像许多媒体和评论家做的那样，即使举出奥姆真理教方面的精神性和思想性来在这里解析，眼下恐怕也是解析不出什么的。与其进入那种类似意义的语言化迷宫，还不如让事件返回普通人的场，排除专用术语（technical term），从那里重新注视事件——这样说不定更容易看清许多事情。

河合　不过，这些东西是因了你听的态度而讲出来的。这点一看内容就十分清楚。你在这里的角色是听，几乎不表现自己，对方却能讲出这样的事——这是你听出来的，一般人听也听不出来。

村上　具体说来那是怎么回事呢？我只是出神地听罢了，不大清楚怎么回事。

河合　比如我去震灾现场。“请让我听一听震灾时的体验，我来写书。”这么说，对方是不会讲这些的。也许说：“啊，可不得了！”或者说：“房子倒了。”不过我想，说着说着人家就懒得说了——对方不予理解，是很难继续说下去的。不予理解，心情是上不来的，有的人。说也三言两语。可是这本书中，说的实在生动得很，一般人是很难以那样的感觉说话的。

村上　当然我是因为对事件有兴趣才开始采访的。不过我真正有兴趣的是人。毕竟是作家，所以最初三十分钟或一个小时全是同事件无关的私人情况。在哪里出生、在怎样的家庭长大、是个怎样的孩子、在学校做什么、什么时候结婚、有几个孩子、爱好是什么、公司是怎样的……这些话绵绵不断。全都让人兴味盎然，真想全部写出来，但往往以私人事为理由拒绝。

不过听对方说这些的时间里，渐渐了解对方是怎样一个人，其形象在自己心中聚敛成形。到了这个地步之后才进入正题："那么，那天的事……"这样一来，往往就比较容易讲出来了。当然，不顺利的场合也是有的。

河合　不顺利的场合当然也是有的吧。不过倒不是沙林如何如何，而是那个人度过的是如此这般的人生这点有真实性。"日本人可真行啊！"——这样的感觉非常强烈。

村上　是真行啊！听的过程中都不难得知交通高峰可不得了，而他们每天每日持续了十几年，为之气恼或厌烦的人几乎没有。那样的人其中当然也有，但属于少数派。差不多所有的人都毫无怨言地持之以恒。我问"不厌烦吗"，多数人回答"别人也都是这样嘛"。想必不那么想就坚持不住的情形也是有的。

吸了沙林摇摇晃晃的，大部分人也照样去公司上班。总之很能忍耐。甚至有人几乎不省人事了还在做广播体操。

河合　的确。那地方，和我们就截然不同啊！

村上　我想是有两种想法的。

一种是公司这东西是此侧的体制，其中甚至带有宗教色彩。这么说也许有问题，在某种意义上，那里未尝没有同奥姆真理教的体制在根上相通的部分。实际上作为受害者的工薪人员当中有几个人直言不讳："如果自己处于同一立场，也可能执行命令。"

另一种认为："不不，那完全不同。此侧的体制和彼侧的体制是性质不同的东西。一方可以包括另一方，将其错位部分治愈。"两种何对何错，眼下我还无法简单断定。

这方面，必须从恶是个体性的恶还是体制层面的恶这地方弄清楚。写完《地下》之后，我一直在思考这点，恶是什么？还没想明白。这个问题追究下去，说不定在哪个地点隐约闪现出来，我觉得。

河合　啊，恶确实是个很难的问题。本来就难，而到了这个时代就更难了。

村上　恶么，对于我也是一个大的主题。过去我就想在自己的小说中写恶这个东西的形状，但无法顺利聚焦。就恶的一面是可以写的，例如污秽啦暴力啦谎言啦。但如果写恶的整个样子，就没办法把握了。这也是我写《地下》期间始终考虑的事……

河合　我也写了《儿童与恶》那本书。写的时候大伤脑筋，为恶是什么伤脑筋。

书是从恶与创造性是怎样的关系这点写起的，这个好写。但边写边想，如果有人问："对于这里写的恶你是怎样定义的？"这是很难回答的。

不过，信一神教的人是容易定义的，神说恶就是恶。可是另一方面，信一神教的人也有为难的地方。"那么，为什么唯一最高的神在这个世界上造出恶呢？"——这么一问，信一神教的人非常为难。但像我们这样信多神教的人就可以有各种说法：从这边看是恶，但从那边看是善等等。因此，关于恶的定义是非常难的。

不过，儿童和恶作为书是容易写的。因为我想写的是"大人们说的恶并不是恶"这类东西。若是这类东西，可以一挥而就。

可我打算迟早写一写恶。还没有关于恶的心理学的书。关于恶的哲学倒是不时出现。

把善恶分成两个，这个是善、这个是恶，弄不好是要出危险的。势必以善除恶，或者说善做什么都将无所谓。这是最可怕的事。奥姆真理教的人也是认为自己是善才那么胡作非为的。不知不觉做了坏事……和这个不一样。

从古至今都说为了恶而杀人的人是少而又少的。相比之下，为了善而杀人却多得一塌糊涂。战争什么的就是这样。因此，“善”若大行其道，是极其恐怖的。话虽这么说，毕竟不好说“恶是好的”，非常为难。

村上　采访时感到的一点是，从一定年龄往上，说绝对不能原谅奥姆的人就多了起来。那样的人认为奥姆“那些家伙是绝对的恶”。但年轻人不是那样。二三十岁的有相当不少的人说“那些人的心情不是不能理解”。对于其行为本身当然是愤怒的。

河合　因为关于善恶的意义是非常难的，所以从小由生活方式注入的因素很强。这是善——身体已经成了那个样子。看地铁职员的讲述，觉得真是精彩至极，在某种意义上大为佩服。但年轻人不具有那样的东西。若说判断是软性倒也是软性的。

村上　不过在现代社会，究竟什么是善、什么是恶这一基准本身已经相当动摇了，可以这么说吧？

河合　可以。写《儿童与恶》那本书时我也想来着，从表面上说什么是真正的恶是极其困难的。我是认为这个社会是恶才能够写。若用那样的说法，说多少都不在话下。但若下到本质一些的地方再这么说，就一下子变得困难起来。

村上　我感到的也是那个。地铁沙林事件、奥姆真理教事件这东西之所以不能一言以蔽之，归根结底就是因为“什么是恶”这个定义不容易下。仅就施洒沙林杀害很多人这点而言，这当然是恶，没有议论的余地。可是，如果顺着奥姆真理教的教义解析下去，也会出现这样一条路：那未必是绝对恶。归终可能属于解释问题。那种类似乖离的东西是有的。就那种乖离追究下去当然是富有诱惑力的通道，但从那边走过去大概也还是危险的，我觉得。要解决这一事件，我想归终恐怕还是在接近地面的地方聚集的“本能性常识（common sense）”那样的因素具有大的力量。

所以，虽然听了很多受害者的个人讲述，但正确的图像还远远没能把握住。在那些人的各自身上说不定还会分别发生裂变，我是有这样的感觉……

河合　回答还是只能由你自己做出啊。只能由你自己接受那些人各自活生生的受害场景，从中得出答案。但用脑袋想是不行的。即使在那样的意义上，你下次写的作品（小说）想必也是很不一般的。毕竟是在做了这么多工作之后写的。

村上　不过作为我，下次啦下下次啦，出来答案恐怕没那么简单。也许要花几年时间，总之是相当够程度的持久战。反过来说，不想简单得出结论的心情也是有的。

河合　因为那不是逻辑性结论，而终归是作为生存方式在自己内部形成的东西，理所当然要花时间。

村上　写《地下》我感到最值得的，是来自许许多多读者的纯粹物理性反应。例如读得“呜呜”哭了或者气呀气呀气得身体不正常啦、吓得一段时间里不敢坐地铁啦……很多人把那种物理性反应如实写给我。我是小说家，那样的反应让我再高兴不过。场合毕竟场合，说高兴未免不够合适，但较之用脑袋思考得出的结论，还是这种物理性反应远为有效，我觉得。

河合　即使站在读者方面看，我想也是不可能马上得出回答的，所以大家只能把种种事情作为一个体验拿来，自己从中推导出下一个答案。恐怕不得不在这样的思考当中活下去。

村上　我从这一工作中得到的最宝贵的体验，大概就是可以由衷喜欢上听自己讲话的人。至于这是训练的结果还是本来就有的能力促成的，我不知道。但静静倾听的过程中，有一种自然而然进入对方心中的感觉。觉得好像以巫女 = medium（媒体）那样的感觉顺利进入另一侧。这对我是新的体验。

我想这样的心情在日常生活中是极难体验的，除非经历一场要死要活的恋爱。不过在继续如此作业当中，如果有强烈理解对方——哪怕多理解一点也好——喜欢对方的愿望，也还是会有相通之处的。

河合　是的。我们的工作也同样。我在荣格研究所的时候，指导我们的有一位有趣的老师，他这么说来着：见咨询者时，如果不能发现一个喜欢的地方，最好不要再见了。有个能够喜欢的地方，那可是再好不过。

村上　很能理解。

河合　来的人形形色色，有胡作非为的人，甚至杀了人的人都来。但有一个能喜欢得来的地方这点很关键。这是基础。哪里也没有喜欢得来的地方却还见那个人，那是失礼的。

村上　有那样的人？

河合　我么，属于比较喜欢人的类型，那种情况不多，但还是有过一个人的——只一个人——所以我开始拒绝。对不起，请去别的地方吧，不能再见你了——刚想这么说的时候，不料那时我心中有个声音，我听到了“一定要见”的声音。因此我这样说道：“坦率说来，我是不想见你的。不大喜欢你。但反正我听到了‘见你’的声音，所以还是决定见你。”结果见了。够人受的！

村上　怎么样了？

河合　意义是有的。但的确够受的。那个人有一次也说来着：“先生，那么说来，最初您说不想见我了吧？”“是啊，的确是那样的。”我告诉他（笑）。这种事也有过。

村上　就我来说，因为几乎所有的场合都只见一次，所以能用“一期一会[①]”的感觉喜欢上对方。不过若重复两三次，怕是要有辛苦的。

---

① 一期一会：一生仅此一会。一般认为是茶道用语。出席茶会时宜以“一生仅此一会”的心情相待以诚。

河合　那样一来，“喜欢”就是相当够受的。

村上　必须负起责任来。

河合　负责任也是个原因。另外，毕竟要进入心的间隙，喜欢这个东西……（笑）

村上　我做了这件事情，就实际感受到了您所做的事实在不轻松啊！毕竟日常性坚持不懈。

河合　是的。不好好锻炼是干不来的。回到刚才的话上面来，不喜欢不行的。但喜欢这东西嘛，怎么说好呢，是要一步步深入下去的。所以和一般说的“喜欢不喜欢”层面不一样。正因为这样，才存在无论怎么见都不要紧这种情况。

但你那边，我想是因为喜欢见才出来这么多话的，绝对！不然不会到这个程度。这点读了就深有感触。

村上　本来还有更有趣的事，但很多很多部分不让写，作为我很遗憾。在这个意义上，我所做的也许和非虚构作家多少有所不同。这本书写到中间的时候，我对揭露事实本身没多大兴致了，兴致转移到了设身处地从那个人的角度看待和思考问题。这样，哪怕再有趣的事，如果对方不希望我写，我也是不写的。

河合　搞非虚构作品的人士怎么说的，我虽然不晓得，但眼下有科学主义这个东西，声称他们是叠积事实，通过事实说话的。因此，在发掘出新的事实的情况下，无论如何都要受自然科学的影响。这样一来，势必“一切都要客观”，否则事实就出不来。

可是，例如我和你这么交谈的时间里，心情一下子明白了，于是可以写“那时村上君的心情大概是这样的吧”。但在某种非虚构作家那里，采取的是“村上春树是这么想的”这一写法。当然，那方面写得头头是道的人也是有的，也往往那样写。那种地方说是清心寡欲（stoic）固然可以，但如果往坏里说，有的地方会距事实相差千里之远——在事实的拉曳下而远离了真相。在这个意义上，我对搞非虚构的人如何评价这本《地下》极有兴趣。

村上　我单纯地认为“不是虚构的全都是非虚构”，但并非那样，“非虚构是这样一个东西”这一看法人世间也似乎是存在的。不过从作为小说家的经验来说，“能够数字化的事实那个东西果真是正确的吗”这一疑念在我身上是根深蒂固的。

比如，在荒无人烟的夜路上同一个手拿棍棒的男子擦肩而过。假定他实际是个身高一米六二左右的瘦削而一副寒酸相的男人，拿的棍棒也不外乎研磨棒那样的玩艺儿。这是事实。可是从擦肩而过的实际感觉上说，我认为有可能把对方看成高达一米八十的大块头汉子。手中拿的棍棒也没准看成大铁棍，以致心脏“嗵嗵”直跳。而要说哪个是真相，我想应该是后者。实际上必须把两个真相并列摆在一起才行，但若二者只取其一，较之事实，我更要选择真相——当然是有条件的——世界这个东西说不定因人而异因眼睛而异的。把这些多少集中起来，通过加以综合才能看清的事实恐怕也是有的。

河合　这点写得非常明确的地方难能可贵啊！时常有人弄得

模棱两可，结果读起来让人稀里糊涂。在这个意义上，以后非虚构作品的世界有可能慢慢出现有趣的东西。

我们是搞所谓事例研究的吧，在那种情况下，难免很多时候讲述枯燥无味的事实。不过我们已经习惯了，一边听枯燥无味的事实，一边忽一下子涌起想像力来。但您不是那样，而是活生生的形象自然闪现出来，是吧？

村上　看了书中收录的证言，有没有觉得此人需要治疗的例子？

河合　没有。只是，读的时候心想这可真难受的了。并非“不正常”。有那样的遭遇，变成那个样子是理所当然的。这个倒是很难，PTSD（心因性外伤压力障碍）说的不是不正常的人，而是普通人出现的症状。因此，如果当时清楚“我不怪，是普通人变成这样子的”，那会好受一些。那时如果有能够提供咨询的人就好了——读的当中我深深这么想来着。在这个意义上，觉得很可怜。

村上　是啊，没有能够提供咨询的人，我认为这点十分严重。

河合　不小心说出那样的话来，甚至会被人认为“什么呀这个不正常的家伙”。震灾当时我也说了不少。“不对，变得不正常是理所当然的，普通人是会这样的”——这么一再强调。那起了可观的作用。后来有人说“幸亏你那么说了”。

村上　最可怜的是公司不理解。本来是在上班路上遭遇不幸的，即所谓“劳灾[①]”。但公司全然不予体谅。相反，因为无法效力而被解雇的人却不在少数。

河合　排除异质性存在这一倾向在日本人身上非常严重。说得深刻些，社会把针对奥姆真理教的敌意转向受害者。甚至把受害者当作“不正常的人”。奥姆岂有此理这一意识转向受害者方面：“又在啰嗦什么！”有这种痛苦体验的人我想也是很多的。

村上　震灾那时候也同样，最初很亢奋，随后转化为同情。再往下，就变成“又来了又来了”，阶段性地。

河合　一点不错。针对奥姆的污秽等种种印象砸到了受害者方面。事情固然荒诞得很，但确实发生了，非常令人不忍。

村上　这在某种意义上极有象征意味的，恰恰是在冷战体制崩溃后出现右也不是左也不是前也不是后也不是那种状况之时突然发生关西大地震和这起奥姆事件，致使不知道该以怎样的主轴把握这些事件。

河合　地震是天灾，多少有所不同。不过要是冷战体制继续存在，奥姆那样的东西是不容易出现的。就是说，无论怎么看都有显而易见的恶在那里，心想那东西必须干掉——大家脑袋都比较容易清理。不料就在不知怎么清理才好的时候，突然出现了这种怪东西。

村上　我用故事（story）性这个说法加以把握。

---

① 劳灾：“劳动者灾害补偿保险”之略。日本有此项法律。

河合　总之麻原猛然把故事性拿到失去故事主轴的地方来了。正因如此，才有那么多人被他吸引。我赞同你这个说法。

村上　在这个意义上他是有才能或有强大号召力的。

河合　不是等闲之辈。

村上　我作为小说家对此非常耿耿于怀。能吸引这么多人的故事性究竟是怎样的东西呢？而且，那种故事性为什么在结果上带有那么厉害的致死性呢？那么思考下去，就归结到物语有善的物语和恶的物语这个地方。在这里又回到恶是什么这一命题。

河合　这是个有意思的问题。怎么说好呢？ 我想，眼下一般性认识是：只要是物语，就不应加以限制。不过其影响力可真够厉害的啊！

村上　如果纯粹作为物语来考虑，那么“人都是污秽的，清除掉是正确之举”作为情节也可以说并不算错。我是说作为物语情节。但是，如果采取“施洒沙林”这一具体形式，那就成了不折不扣的恶——二者之间怎么划线合适呢？

河合　举个例子，有《铁人28号》这个物语的吧？那一类型的英雄忽一下子从天上飞去帮助人。小孩子看了，就自以为成了英雄，把包袱皮围在脖子上忽一下子如法炮制。但若问是不是有小孩子从二楼跳下死了，那是没有的。小孩子是有两下子的。故事固然是活灵活现的，但它同外部现实之间调整得恰到好处。

时不时有人劈头盖脑批评物语，说那是想像出来的，使用魔棒一下子飞上天空，简直莫名其妙！如果小孩子以为使用魔棒就能学习好，岂不就不老老实实用功了？不过么，若说拼命用功就能变得了不起，那就更是天大的谎言（笑），纯属无稽之谈。

《巨人之星》也不例外。说什么只要天天猛练就能为巨人之星[①]，那才是弥天大谎。要是信以为真而全都练什么棒球，那不知多么可怜！小孩子完全晓得那个名堂，所以不至于照样。

在这个意义上，故事是非常有趣的。

村上　另外——这是我的猜测——麻原提出的物语是不是有可能超越他自身……

河合　那是故事的恐怖性。故事具有的能量是会超过那个人的。而且他本人也成为其牺牲品。那样一来，就变得无法控制了。

村上　从某种消极场所产生的物语的确也是有的。而且，有时因为消极而有其力量。小说家也有从非常扭曲的恶劣状况中编织出出色物语的人。因此，出处如何如何是很难简单断定的。问题是，如果其消极性在某种现实部分超越其本人，那就可能带有致死性因素。

河合　所以，麻原说不定也在最后希望就此中止的吧？可是，即使想中止也是中止不了的。希特勒之流我想也是这样，无法中止了。自己成了自己制作的物语的牺牲品。关于麻原我想也是同样。

---

① 巨人之星：这里的“巨人”应指巨人棒球队。

还有，迄今为止，世上关于死的故事实在太少了。所以麻原那种单纯的物语才会具有不得了的力量。过去关于死的故事到处都是。说什么人世这东西本来就是折磨人的，死后没准能幸福，总说这个（笑）。所以听得亲鸾[①]的话没有人不感激。但如今大家都对活在这个世上过于热心，死这件事成了盲点。这当口他冒了出来，以至年轻人忽拉一下子跑了过去。这点好像可以理解。

村上　作为小说家我是这么想的，没有哪个物语不是从消极地方产生的。物语所表现的真正的阴影和深度几乎全都是消极的。关键在于在哪里把它和整体性世界谐调起来，在哪里划一条线。为此无论如何都需要平衡感。

河合　是那样的。将消极东西紧紧抱在怀里那一时期是需要的。或许应说是酿成期。那样的东西越多，与之相应的积极越会自然产生出来。这点关于积极东西也是同样。单纯想起积极事物的人的话傻乎乎的，没办法听（笑）。

村上　麻原的物语，说到底，是被他的偏执性污染了，而对抗那种偏执性的有效的疫苗式物语，社会还没有准备好。这点到底是个问题。

河合　这方面我想是有很大盲点的。在某种意义上，没有像日本这样的宗教性国家。与此同时，在某种意义上，又没有像日

---

① 亲鸾（1173—1262），日本镰仓初期僧人，净土真宗创始人。提倡“恶人正机”，即恶人也可成佛之说。

本这样的同宗教无缘的国家。所以才有那样的东西忽一下子蹿了出来。

村上　只是，我写那本书时想来着，虽然社会本身不具备足以防止那起事件的抑制性疫苗，但每一个人讲述的物语之中还是能让人感觉出一种实实在在的力量，说是潜在性力量也好什么也好。如果将那些物语一个个集中积累起来，就有可能从中产生某种强大的势力。我写这本书，的确不能不感到许许多多的绝望。但若说变得悲观了，却又不是。莫如说相反，感觉到了类似希望的东西。至于如何使那种每一个人的力量在社会上显在化，仍在五里雾中……

河合　这是日本的特征。基督教传教士来的时候，他们认为“没有比日本更容易对待的国家”，以为会有无数基督教徒应运而生。结果完全不是那样。因为自己这方面有某种东西的，很难轻易染上什么。细看有的是什么，原来是非常积极的东西。有积极的能够安心的地方。而若问那东西是什么形状，却又说明不好，那实在太难了。

村上　有那种似乎自我矛盾的事。例如，尽管未能阻止奥姆真理教那样的东西发生，但是一旦发生了，想要净化它的力量还是有的。大概可以说是“自然治愈力”吧。所以，既可以说未能阻止地铁沙林事件是社会的败北，另一方面又可以实际感受到超越它的强韧性。在这种情况面前，到底什么是正确的，就渐渐模糊起来。

河合　很能理解，完全那样。

村上　这本书将被译成英语，有这个计划。可我觉得，对这本书中所写的，外国人难以理解的地方是不是太多了些？

河合　我也那么想，美国人看了这本书，究竟会怎么认为呢？在这个意义上，务请一读。

村上　即使为了让外国人了解日本是什么，也想请其一读。不过我一直想的是，奥姆方面的人也要看看这本书才好。归根结底，要想溶解用麻原物语加固的东西，恐怕只能拿来别的物语。即使像所谓专业性狂热宗教分子那样在道理上强调“这边正确那边错误，所以要回到这边来”，那恐怕也是无济于事的。

我在想，如今世界上有什么不正常、哪里出了差错这种感觉，在某种意义上是正常的。讨厌学校、讨厌社会，这是理所当然的。我也讨厌那玩艺儿。所以，想离开那样的地方而深入探索精神领域，这作为其本身应该不是错误的。因此，“算了，去学校好了，去公司好了，那才是正确的”——我是不能简单这么说的。但是，如果有比吞掉那种消极更大的积极，我想事情会顺利的。换句话说，就是要有吞掉物语的更大的物语。说到底，较之善恶的胜负，那大约更是规模的胜负。

提起“超越善恶的地方”，我想起来了——这么说或许不够合适——采访时有一点我切切实实感受到了，那就是，遭遇地铁沙林事件之人的一个个受害的质，说不定是同那个人以前自己身上就有的某种个人性受害模式有呼应之处。

河合　我想完全如此。毕竟仍是那个人所承受的。所以即使一点点东西，也还是要通过那部分而扩大开来。因此，那种东西所以难受，也是由于每一个人身上的隐秘部分接连不断暴露出来，包括私人性质的东西在内。所以很难很难。

村上　只是，恐怕不仅仅是说单纯无辜的普通市民偶然遭遇这起无谓事件——事情没这么简单。内部和外部无可避免地纠缠在一起的部分是有的。在这个意义上，我为了写这本书所做的，对于我固然是极有意义的事，但与此同时，也是令人毛骨悚然的可怕的事。这样以书这一形式告一段落之后，我再次深切地感受到了这一点。

河合　绝对是可怕的事，那个。所以，在日常生活中我尽可能显得不耐烦（笑）。如果热情得不合适，事情势必难以收拾，真的。

与“恶”共生

此次对话于平成十年八月十日于京都举行

村上　想写《地下》的时候，也是因为社会的目光压倒性集中在作为沙林事件施害者方面的奥姆真理教，我则很想以贴近地面的眼睛将遭遇不幸方面的普通人形象浮雕出来，而不是仅仅说“有这样一些可怜的受害者”。

而在一度整理完以书的形式出版之后，又强烈觉得仅那样怕是不够的。在将那一视点在自己身上牢牢设定的基础上，这回觉得恐怕有必要将目光转向奥姆真理教方面。心想若不那样，真正的全景图就难以呈现出来。

河合　那是理所当然的吧。

村上　这样，我首先采访了几个奥姆真理教的信徒和原来的信徒。但作为一个小说家，坦率地说，可以说我为奥姆方面的人共同拥有的问题意识那样的东西引起了强烈的兴趣。因为同听受害人讲述时相比，那部分的表现方式毕竟是明确的。但是，关于如何将他们讲述的那种问题意识付诸程序的方法，则没有怎么吸引我。相反，就《地下》中列举的受害者方面来说，较之问题意识的提出方式，我感兴趣的则相反是问题本身的程序化方式。我觉得，尽管两者带有许多同质问题，却又带着异质意识生存于世，这点让我刻骨铭心。

河合　你写到，奥姆人做的事和小说家做的事有相似部分，同时又有不同部分。我觉得这个极有意思……

•

（但与此同时，和他们促膝交谈起来，我不能不深深感到小说家写小说这一行为同他们希求宗教那一行为之间存在无法消除的共通点这一事实。其中有极其相似的东西。这点毋庸置疑。话虽这么说，却又不能下定义说二者的行为完全同根。这是因为，在存在相似性的同时又存在某种决定性的不同点。和他们交谈时

最能激起我个人兴趣而又让我觉得坐立不安的也是这点。(据《文艺春秋》九八年四月号,《后地下“序”》)

村上　这点我的感觉非常强烈。我对准意识的焦点，下到自己这一存在最底层那样的部分——在这个意义上，写小说也罢，追求宗教也罢，相互重合部分是很大的。在那样的语境中，我觉得可以在某种程度上正确理解他们讲述的宗教观。但不同的地方在于，在那样的作业中，自己能在何种程度上主动负起最终责任。说清楚些，我们是自己单独以作品这一形式接受它，也不得不接受它。他们则归根结底委托给教主和教义。简单说来，那里就是决定性差异。

交谈当中，一谈到宗教，他们的话语就没有延展性。所以么，我就一直就这个思考：那是什么呢？那是什么呢？最后这样想道：我们是本能地把世界这个东西的结构作为Chinese Box（套匣）来把握的。匣子里有匣子，那个匣子里还有匣子……就是这样的东西。我们现在所把握的世界之外或者之内，大概还有另一个匣子——想必我们是潜在性这样理解的吧？这样的理解赋予我们的世界以阴影和深度。以音乐来说，就是给予泛音那样的东西。但是，奥姆那些人尽管口头上说希求“另一个世界”，然而对他们来说，实际世界的构成方式则莫名其妙地是单一而平板的。有的地方延展性已经终止，有的地方只能以一个匣子看世界。

河合　有那样的感觉，一点儿不错。

村上　例如上祐这个人。此人利用非常巧妙的修辞高谈阔论，但他所谈论的是仅仅在一个有限的匣子里才通用的话语和道理，再往前根本没有展开，所以理所当然无法抵达人心。然而单纯、坚固、自成一体。个中奥妙恐怕他也十分清楚，从而巧妙地反为已用。对方没有办法说服他。即便知道他说的没有深度甚至荒诞，也无法有效反驳。大家因此心焦意躁。可是问奥姆的人，都说没有比上祐脑袋更好使的人了，无条件地尊敬他。向他们说明上祐言论哪里不正常是非常艰难的。因为那必须证明那只匣子的局限性。

河合　是的，那是非常艰难的。不过回想起来，我们还是孩子的时候大家就满不在乎地杀人来着——战争。而且有人胡乱杀人并因此获得勋章。只要是进到匣子里干的，那也全部作为正确行为通行无阻。

而且，如您说的，全都一起忽一下子进到匣子里干的，进到“好孩子”那个匣子里。那的确是万分危险的事，但只要心里明白，就无疑是好家伙。那类人应该具有某种——怎么说好呢——正直啦诚实等品性的。若不然，是不至于进入奥姆那样的地方的。

村上　的确，一般社会中，以“善的动机”进入公司的人基本没有。

河合　是以无动机进入的，统统（笑）。

村上　不过就奥姆来说，进入那里当时分明是有“善的动机”的。善的目的也有。

河合　况且是情愿抛弃现世利益进入的。

村上　这个嘛，我隐约心想，抛弃一切想必是相当畅快的吧？

河合　那个因人而异。哪怕再想抛弃也抛弃不了的人也是有的。也有人做出抛弃的样子却悄悄放在旁边。我这样子的恐怕就难免（笑）。

村上 不过交谈起来，都好像轻易出家的。说着说着，就突然说出“所以出家了”那样的话来。“且慢，所谓出家不是家人也好、工作也好、财产也好，要统统抛弃的吗？那不会是很不得了的事？”——我这么反问，但感觉上，对于多数人好像并不像从清水寺舞台上飞身跳下似的[①]。

河合　细想之下，带着东西去那个世界的人是根本没有的。不是什么都要抛弃的嘛，所以出家和赴死是同一回事，好比去那个世界。所以说轻松也可以说是轻松，可以说是一身轻松。话虽这么说，毕竟我们都是活在这个世上的，在抛弃东西的同时必须承受活在这个世上的苦难——二者密不可分。若不然，人大约是信赖不得的，我确实这么认为。因为纠葛那东西没有了，对吧？

村上　不过让他们说来，那种物欲性质的东西让人的烦恼膨胀开来，对人造成消耗。所以必须抛弃烦恼来纯化自己。

---

① 清水寺建于悬崖峭壁之上，据说不时有人从其“舞台”跳下自杀。

河合　啊，所以嘛，有烦恼而不消耗是不成其为宗教的。一旦抛弃烦恼，人就成佛了。

村上　抛弃烦恼并不是修行。

河合　嗯。那已经是佛，不是人的修炼。但我们不是神也不是佛，即使以为烦恼没有了也还是有的……亲鸾就是那样的吧？以为没有了却还是有，自始至终。因为搞得彻底，所以亲鸾才到了那个地步。一开始就那个样子是无从谈起的，我想。

所以，这里冒出的（奥姆那些）人，拥抱烦恼的力气是不够多的，遗憾。换个角度打上光照，可以说比我们凡人纯粹啦、善于思考啦什么的。可以说是可以说，但那到底是非常危险的。如果这些人统统去了天国倒还好，而只要作为人活在这个世上，我认为恐怕就几乎没有可能从烦恼中解脱出来。

村上　不过，其中显然有“此人在人世间大概很难顺利过下去”那样的人。同一般社会价值观原本就格格不入。至于占人口的百分之几自是不晓得，但在社会体制中过不下去——好也罢坏也罢——这类人的确是存在的。我倒是觉得，是不是应该有接受这类人的托盘那样的东西……

河合　在您说的事情之中，这是我最赞成的。就是说，一个健全的社会，应该有那类人所在的位置。问题是人们都想错了，以为排除掉这类人，社会就能变得健全。这是大错特错的。那样的场所如今的社会实在太少了。

村上　退出奥姆的人也异口同声地说一点儿也不为加入奥姆

一事本身感到后悔。

河合　自己与犯罪有关另当别论，但这些（接受采访的）人并不知情。这样，我想有人不后悔甚至打算继续下去是理所当然的。的确像你说的那样，如果叫这些人洗手，可洗手后做什么呢？没有替代的嘛！

这同吸信纳水[①]的孩子是同一回事。谁都可以对吸信纳水的孩子说："那东西不好，别玩了！"吸那东西不好这点，吸的本人也心知肚明。问题是，只要我们不提供不吸信纳水后可以让他生活下去的世界，他就绝对戒不了。正因为那个世界对于他是有意义的，他才欲罢不能。所以，说实话，退出奥姆的人也可怜得不得了。

村上　是够可怜的。

河合　所以么，采访当中有人说进入奥姆后稍微做了做，身体就忽一下子变好的吧？那个我很能理解。我们这里也有那些人来访。见面交谈时我这么想来着：这种人如进了奥姆那样的地方，很可能一切不翼而飞。依你特有的说法，就是一下子进入一个匣子里。所以，一旦进入，就全都好了。

村上　这我明白。

河合　可是一旦进去，这回怎么对待匣子就成了严重问题。所以我们才要在不把人关进那样的匣子的情况下把他治好。而那样一来，就要花很长时间。不过我最近想来着：花很长时间大约

---

① 信纳水：即香蕉水，高浓度吸入有麻醉作用。

也是理所当然的。

但有一点我要说清楚：“如果想快些治好，那么请到别处去。来我这里是快不了的。”对方吃了一惊，“哦？”我说不知道自己对治疗是否热心。自己不是不热心治疗，而是你对求生不热心，所以要花很长时间。如果无论如何都想尽快治好，这种地方另外也是有的。

认为花时间受不了的人，就让我把他转去那边，不过那样的人是看得出来的。也有人表示治不好也没关系。还有更极端的人，说自己不是为了治好而来这里的。厉害！

不过也有人说：“听说来先生这里也根本治不好，去别处会马上治好的。”我说：“是吗，如果可能的话最好别去，但如果无论如何都想去，那么什么时候回来都可以。”于是他就去了，一下子好了。好了是好，但后来糟了，结果焦头烂额地回来了。毕竟有过一次体验了，于是说还是慢慢来吧，我就重头治起。

村上　所谓“进入匣子”，在宗教那里，就是“绝对皈依”吧？

河合　是的，绝对皈依。这个说舒心也舒心。看见这些人，就会对世界怀有疑问，觉得“这好像有些怪”，全都。而“有些怪”这个疑问，一旦进入匣子，就全部被解释得十分通透：“这是karma（业障）”。

村上　解释通透这点，对个人是很重要的。

河合　不错。不过么，全都解释通透的逻辑，那东西是绝对不成立的。让我们说来就是这样。可是，普通人喜欢解释通透的东西。

村上　是啊，大家都在寻求那样的东西。这不限于宗教，一般媒体也是那样。

此外我还想到一点，那就是，麻原彰晃这个人是怀有极其自我矛盾那样的东西的。缺点多多，在某种意义一塌糊涂。但我觉得在结果上恐怕幸好这样。假如他干干净净一表人才，说话滔滔不绝，那么说不定大家不会那么追随，我感觉。

河合　虽然能够解释得十分通透、似乎无所不知，但教祖某个地方没有费解性是不行的。那方面他大概有天生的东西。不过么，他是明白的。处于那样的立场，那么看来看去，判断力却是非常精确的。当然也犯错误，但凭直觉恍然大悟那样的地方我想也是相当不少的。所以大家才被他一下子击中。就连我们这样的，只瞧一眼就当即了如指掌的场合也是常有的，不是开玩笑。

村上　那种类似魔性直觉力的东西希特勒也是有的。他能把军事专家也看不清的事情接连看得一清二楚，在战争中取得摧枯拉朽般的胜利……

河合　正是。但最后撑不住了。体育选手也一样。胜、胜、每战必胜。那种时候他总说“没有败的感觉”。即使在绝对无法反败为胜的情况下，而只要认为“我反正要胜”，心里也镇定自若，实际上也如愿以偿。但是，如果一旦觉得撑不住了，这回就怎么也爬不上岸来。不过在某个时期，人是会那么精确、精确、一直精确到底的。在我们的职业中，最危险的就是那个。

村上　您是就作为医疗者的阅历而说的吗？由于见了谁就一眼看穿？

河合　不错。或者莫如说，自以为一眼看穿。而有趣的是，有时居然百发百中——是这样的吧？正是这样！可是就这么干下去是绝对不行的，因为迟早会说歪打偏，毕竟是人嘛。另外——倒不是说麻原彰晃——也会心想自己总得想法露一手。那一来就完蛋了。

所以我自己觉得，我好像一直修行过来的，修行得渐渐莫名其妙，真的。人“精确”那一时期固然有，但为此沾沾自喜的人统统完蛋了。

村上　回到刚才谈的无法很好适应社会（现世）之人的话题上来——有效接受那些人的托盘那样的东西能制作出来吗？

河合　人这东西，不妨说，制作的是某种程度上满足烦恼并尽可能使之长效化的世界，尤其到了现代，效果变得相当直接而又快速。变得直接而又快速，即意味与之不适应的人增多了，无论如何。就是这样的体制被制作出来。这样，对于“不适应”的人我们该如何考虑呢？

对此，一个能有影响的，就是艺术啦文学啦等一类东西，虽然这是非常重要的东西，但有人这个也是不会的。那么那些人怎么办？这是很难的事。不过，这么考虑下去，如果有生活保障什么的，觉得给那些人发放补助金应该是理所当然的：“给补助金，请开心地活下去吧！”

村上　是的是的（笑）。

河合　可以做着有趣的事蛮不错地活下去。那些人我也见来着，到底是有人拥有自己完整的世界的。

村上　就是说，官方如何虽然不清楚，但社会本身恐怕还是准备这种托盘为好，是吧？

河合　我是这么想的。为那种莫名其妙的人提供生活保障，简直岂有此理！要是有往那种地方花的钱，还不如用在日本经济上。或者，那样的人任凭他掉下去好了——有人这么说。但不要那样，这是要由社会好好对付，给那些人发放钱款。我想我们应该是有那样的义务的。

村上　也有一种意见认为，除却引起地铁沙林事件等社会犯罪事件这一性质不论，奥姆真理教大概就成了那些人不错的托盘。实际上现在的奥姆真理教也表示作为纯粹宗教团体开展活动。情况会怎么样呢？作为道理固然明白，但我觉得事情恐怕没那么简单……

河合　所以说那本身是个不错的容器。但还是不可能永远作为不错的容器存在。如果成为那般纯粹的、以极端形式出现的团体，那么肯定发生问题。那般纯粹的东西紧紧集中在内侧，外侧如果没有杀也不足惜那样十恶不赦的家伙，就没办法维持平衡。那样一来，如果不打到外面，里面就有可能发生非同小可的骚乱，组织因此从内侧崩溃。

村上　言之有理。和纳粹不能不挑起战争是同一原理。越膨胀，里面类似集约点的地方压力越大，而若不向外喷发，其本身就会爆掉。

河合　是那样的。无论如何都要攻击外面。麻原不是一直在说“我们受到攻击”的吗？因为他不经常将恶置于外侧就维持不下去。

村上　美国啦共济会啦的阴谋说，也是因为这个。

河合　所以么，真正的组织那东西，在自己身上没有恶是不行的，在组织内部。这点家庭也不例外。即使家里面也必须在某种程度上拥有恶。否则，势必为组织安稳而在外部制造恶。希特勒干的恰恰就是这个。

村上　是啊。

河合　所以完蛋了。奥姆也一样，以现在这个形式是长远不了的，我想。

村上　那就是您说的“危险性”吧？

河合　是那么回事。

村上　不过问起信徒来，仍然有人说不相信地铁沙林真是奥姆干的，“或许干了，但很难相信。”

河合　我想是真不相信。都认为自己是纯粹的，不可能干那种坏事。问题是，什么坏事也不至于干的人满满汇聚一堂，势必干天大的坏事，非干不可。不那样，组织就维持不了。

村上　那是一个圆球形集合体，虽然外侧是软的，但热量——刚才也说了——都集中在中心点。而外侧对此浑然不觉。

几乎所有的信徒都说:“我们过的是连一只蟑螂都不杀害的生活,怎么可能杀人?”

河合　那就是卓别林的《杀人狂时代》。那个见人就杀的家伙,看见毛毛虫却赶忙捡起来拿到花丛那里——虫子一条不杀,只杀人。人这东西到底是无可救药的生物啊!所以需要一种自觉:以自己的责任在多大程度上放纵自己的恶。

村上　可是,西藏密教也是和奥姆一样修行的。出家做密教修行。到底哪里不同呢?

河合　我对西藏佛教不太熟悉。不过我想,那种类似恶的问题肯定是巧妙地纳入其中的。把那个翻译拿进来,估计是要弄得十分简单易懂的吧?这地方是再难不过的。多大程度上放纵恶,行使恶,这是书中最不容易写的事。

村上　只能在现场部分从体验上传达。但若解析,就无论如何都不能不加以整合。

河合　人用脑袋想东西,如果整合性写出好事来,恶就进不去了。就这点来说,一开始就有“原罪”这东西的确想的非同一般,西方人明确表明“都有原罪”。

村上　就是说我们原本就是从恶里面出来的。

河合　正是正是。所以事情就成了这个样子:“哪怕再拼命努力,以人的力量也是奈何不得的。”结果,基督被绑在了十字架上——就这样打发了。在这点上,那到底是了不起的宗教。

村上　那和 karma(业障)不大相同。karma(业障)那东西总是可以打发的。在这点上，原罪是完全无可奈何的。

河合　无可奈何。西方人为此苦不堪言，结果又杀人去了。所以，可以说无论如何都很难的。不过么，往下人也聪明些了，无论什么样的组织还是家庭，最好认真考虑一下该拥有怎样程度的恶。就是说，怎样表达它、容许它。

村上　奥姆真理教一系列事件也好，或者神户A少年事件也好，我都不能不从社会对其表现出的某种愤怒中感觉出异常的东西。所以我想，人是经常在自己这个体制中带着恶那样的东西生存的。

河合　正是那样。

村上　要是有人碰巧“啪”一下打开恶的盖子，就不能不像看对照镜一样注视自己身上的恶。正因如此，我觉得世人才表现得那么气急败坏。所以，例如把A少年相片在杂志上刊出——为刊出还是不刊出相互争吵，破口大骂。若让我说，那不是本质性问题。我想应该有比这个更重要的事情需要认真讨论。然而问题气势汹汹去了那边，成了情绪性愤怒的喷发。或者要把奥姆罪犯的父母装进麻袋打死。我感到那岂不和复仇情绪差不多少了？反正就是要惩罚，或者说。

河合　大家都顶顶喜欢惩罚对自己没有实际危害的某个人，因为如果作为自己的事看就不得了。“那种坏家伙的相片刊出干什么！”这么一说，大家都心安理得了。

村上　去年见先生时谈起恶，使得我思考了很多。我有个印象，就是恶这东西恐怕是作为人这一体制无法分割的一部分而存在的。那既不是独立的东西，又不是可以交换或单独销毁的东西。或者莫如说，我甚至觉得在某种情况下可能是恶又可能是善的东西。就是说，从这边投光，其影子成了恶，从那边投光，其影子又成了善。这样，很多事情就能得到解释了。

但也的确有仅仅这样解释不了的东西。例如无论见了麻原彰晃还是见了A少年，说纯粹恶也好什么也好，反正觉得像恶性肿瘤那样的东西忽一下子集结起来鼓涌而出的场合也是有的。想必那种东西就在体内，从而引起不妨说是“恶的照射”那样的东西。这种印象很强烈。倒是说不太好……

河合　我想那恐怕还是因为我们的社会让我们别看、别看、别看那种东西，别看过头了造成的。这样一来，凝聚变硬的东西无论如何都要喷涌出来。

比如说，A少年事件发生时，以小孩子藏着躲着干坏事可不得了为理由，把那一带的树木一砍而光。我听了气得不行。事情整个弄反了嘛！孩子们是在大人看不见的地方以孩子的方式干着坏事成长的。无时无刻总是被大人看着才发生那种事的嘛！可把我气坏了。我喜欢树，光砍树都够让我气恼的（笑）。

都太没见识了，以为看得紧紧的就能培养出好孩子，大错特错！自己总在别人监视下是多么难受，这点想一想就不难明白的……

村上　关于这个，有人实话实说，不说的人也有。但听加入奥姆的人讲述过程中，得知成长的家庭环境有问题的人到底是有不少的。来自父母的正常关爱在儿时人格形成期间说乱套也好说不足也好，总之那类情况很多，我觉得。

河合　这地方非常难。不过若泛泛而论，的确可以那样说。那是怎么回事呢，这些人是要用脑袋思考的吧，而这么一下子进到小匣子里一个劲思考的时候，切断思考流程的毕竟是人际关系，毕竟是父亲或母亲，是感情。如果那个动起来，就无论如何也不会进到那样的小匣子里。好像有点儿奇怪啊——这样的心情就会发挥作用。

村上　就是说平衡感开始启动。

河合　是的。平衡感。那种巧妙运作装置（如果接受不到父母的关爱）就很难发育。

所以么，和这些人说的一个相似之处，就是年轻人多多少少都那么思考。为什么活着啦、做这种事也解决不了什么啦等等，这个那个认真思来想去。但那里有刚才说的那种自然情感的流动，有整体平衡感的启动，在那一过程中形成自己。可是，进入奥姆的人由于那个地方断裂了，就一下子直接去了那边。说可怜也的确够可怜的。

村上　我听了奥姆的音乐，强烈感觉出了那点。听也根本听不出好在哪里。真正好的音乐是有种种阴翳的，是吧？悲伤啦欣喜啦等阴翳什么的。然而奥姆的音乐中完全感觉不到，只好像在小匣子里叫个不停。单调，没有纵深度。在这个意义上，说是

mesmerising（催眠的）也好像未尝不可。而奥姆那里的人却以为是好音乐，所以也才让我听。我认为音乐是和人的心理最为密切相关的东西，因此觉得那东西有让人害怕的地方。

于是，我就“身体性”问了对方。例如做瑜伽会产生某种醒悟吧，但那归根结底是物理性（physical）的东西。但在整个“新纪元运动”尤其奥姆真理教那里，物理性和形而上学性（metaphysical）不由分说地结合在了一起。

河合　正是那样。现代人无论如何都要从身体性中脱落下来，以致无论如何都变得头大体小。所以，这些人认为必须恢复身体性而做瑜伽什么的。而且这些人有倏然贯通之感。那种开悟意识同一般日常意识之间没有联系，利利索索两相断裂。或者说唯其因为没有日常性障碍（barrier），这些人才格外容易开悟。而当那种开悟同日常生活中隔绝感那样的东西合在一起的时候，事情就不得了。我们这样的人就算瞑想也根本开悟不了的（笑）。

村上　我也同样。

河合　想必。冥想当中，总想什么时候结束啦想吃好吃的什么的（笑）。就是说，到了更普通的人那里，满脑袋都赚钱啦税款啦，宗教什么的根本无从谈起，那方面强大得多。这样，生活势必同“灵性”毫无关系。即使没严重到那个地步，我们稍微搞一会儿冥想也因为有烦恼而很难出效果的。可是，“有烦恼而仍然争取”那东西具有很大意义。不料，这些（去了奥姆的）人的烦恼世界却又过于弱了。

村上　所以能马上开悟，开悟得太快了。

河合　有趣的是，过快开悟的人，其开悟往往很难对别人有用。相比之下，“怎么还不开悟呢？为什么只自己还不开悟呢？”——这么千辛万苦慢慢在烦恼当中开悟的人更对他人有所启发。拥有相当严重的烦恼世界仍然争取开悟，这才有意义。

村上　我也是。我在做体育运动的时候，有某种类似开悟的感觉。但并没有从中发现精神意味，无非心想那种情况也是有的吧。说是说不好，估计是在同周围的关联中把握的。可是，这些人做瑜伽时一旦有了某种开悟感，就一口气去了那边，而且放弃了同周围世界的关联。这方面不单单奥姆，也是整个“新纪元运动”同样存在的危险性，我想。

不过，即使没有奥姆，迟早也必有其他类似偏执性宗教团体（cult）出现。我是这么认为的。

河合　非出现不可，毕竟有多少具有那种才能的人。把那个巧妙地表现出来，必定有同样的东西出现。

村上　那一来，再次发生同样事件的可能性就很大。

河合　我想可能性绝对很大。所以，“只要不造成实际危害，出现也是奈何不得的”——这么认为是解决不了什么的。只是，实际危害这东西的判断是非常困难的。比如即使奥姆，最初出现的时候我也认为很有正面意义，以致当时评价奥姆真理教的人左右为难。

最初规模小的时候，一般都有相应好的东西。但组织变大之后，就无论如何都变得复杂起来。刚才也说了，越大整体压力越高。

村上　不过，那里越有“善的东西”，凝聚力那个东西就越能发挥作用，球也就必然越变越大。

河合　这是最难的地方。我想麻原起始阶段也是相当纯粹的，而且具有相当强烈的感召力。可是，刚才也说了，一旦站在某个组织的顶点，堕落立马开始。这是极可怕的事。站在顶点，总有众人期待的吧，不能不照着做，不能不妥协。而心里又完全清楚迟早必然败露，于是借助科学的力量蒙混过关。这样一来，就已经是犯罪性质的了。

村上　如果真正是宗教天才，就能忍耐？

河合　天才一开始就不会做这种傻事。例如亲鸾说“不收弟子”。尽管说了，但后来还是形成了那么厉害的宗教集团。因此我想，从此往后，宗教性的追求恐怕只能以个人为单位进行。

村上　我好像和您看法不同，个人有那么强大精神的人，在很多情况下恐怕不至于去搞什么宗教的吧？世间追求宗教的大多数人，想必是个人能力有限的人。

河合　不构筑坚实的组织就可以了，例如没有规则的散松组织之类。想集中就来，完了就散，类似这样的东西。每次都临时聚会。

村上　我怎么也乐观不起来。看奥姆的组织也看出来了，那里必有专家出身的领导者（technocrat）那样的人。世人都有疑问：“那样的精英为什么会参加奥姆呢？”但我一点儿也不觉得不可思议。他们由于种种样样的原由而成了微型虚拟世界——而不是广阔的现实世界——的精英分子。想必害怕踏上广阔世界。哪怕地方再小，那类人也一定要去的。

河合　即使为了不再让那样的人出现，往后也必须使每一个人变得坚强起来。必须为此好好进行教育。现在的教育根本不行。教育必须考虑如何使每一个人坚强起来。不过么，不去学校的孩子有十万之多，这到底进步不小。文部省之所以容许，说明文部省也有相当大的变化。

村上　那是好事啊！我也讨厌学校的。不过么，前些日子有人在哪里搞调查，我也看了。上面说让日本人选择自己喜欢的词，结果“自由”排在第四或第五位。我么，不管怎么说都要把“自由”放在第一位，可日本人最喜欢“忍耐”和“努力”。

河合　哈哈哈，那怕是的。日本到底是“忍”为第一。我总是忍从，是平成[①]的忍者（笑）。

村上　不过在这个意义上，我是时不时怀有疑问的：日本人果真在追求自由不成？尤其采访奥姆里的人的时候，我切实感觉到了这点。

河合　啊，日本人大概很难理解“自由”这个东西的吧。“随意”倒好像都喜欢，可“自由”都觉得可怕。

村上　所以我有个印象：即使对奥姆那些人说“飞出去一个

① 平成：平成年间。今年（2012）为平成24年。

人自由干吧”，差不多所有的人恐怕都是受不了的。大家或多或少都处“待命”状态，等待哪里下达命令。对他们来说，没有命令不是“自由状态”，而只能是“暂定状态”。

河合　正因为这才更没有激情，是“逃离自由”。所以，要从小教育自由是多么美好又多么可怕的事情，这是教育的根本。我是真希望这么做，却怎么也做不到。但要是会做的话，是做得到的。我喜欢那样的老师，和那样的老师搞过对谈。会当老师的老师是让孩子自由的，让孩子做。那样，孩子就会做得相当不错。怪事也会做一点点的，让他做就是了。

现在是一个劲儿往里塞知识的吧？以致人生智慧部分的学习难免稀里糊涂。日本人尤其严重，从上小学就开始“用功”。用功这东西是同人生毫无关系的东西。最近同唐纳德·金①交谈来着，他年轻时为了拿奖学金而在数学方面拼命用功。数学是最能出分数的，最适合拿奖学金。至于用功到什么程度自是不清楚，只听他说“那么用功学的数学对我的人生毫无用处（笑）”。那怕是的啊，我说。

村上　我要求自己尽量找时间去法庭旁听。但我看见那些成为罪犯的人时，他们犯的罪固然是罪，可我还是不能不感到可怜。虽说是自己选择的道路，但毕竟精神上多多少少受到了控制。所以，

① 唐纳德·金（Donald keene）：美国学者，日本文学研究专家。曾任哥伦比亚大学教授。著有《日本文学史》、《百代之过客》等。

关于法律上的量刑问题另当别论，而作为人的责任能够追究到何种地步，我很难决定。见了那么多的受害者人士，对那种犯罪我自然感到怒不可遏。尽管这样，可怜感也还是顽强留了下来。

河合　关于日本许多BC级战犯也同样可以这么说。

村上　说到底，可能归结为体制问题。不过，狭义而集约式下达命令并让人执行的体制这个东西，大也好小也好都是自然形成的。这对我是极其可怕的。为什么，那样的技术秘诀（know-how）会忽一下子出现在那里并且在较短期间无可抗阻地变得坚不可摧呢？这是个谜。只能认为有嗜好那种东西的力量自然而然或自缚式地发挥作用所致。确实和战犯问题相似。无论怎么审判都必有问题遗留下来。

后　记

为这本书采访期间，只要时间允许，我都争取去东京地方法院旁听关于地铁沙林事件案犯的公审。因为我想亲眼看一看地铁沙林事件案犯们是怎样的人、看他们长得什么样，亲耳听一听他讲述的话语。并想知道他们现在想的什么。然而我在那里实际目睹的是不无凄凉阴郁的、无助无救的场景。法庭总是让我想起没有出口的房间，想起本应是从哪里进来的、如今却怎么也找不到出口的噩梦中的房间。

作为被告（案犯）的他们的几乎所有人现在都好像对作为教祖的麻原彰晃感到失望。曾奉为尊师的麻原最终堕落成了招摇撞骗的宗教头目。他们认识到自己曾为狂热（只能认为狂热）的欲望被他巧妙利用了。关于那点——即按其指示犯下现世性重罪这一事实——深表反省和后悔。他们中的多数人毫无保留地对现在的麻原直呼其名，在某种场合甚至掺有轻蔑意味。我推测，那样的反省之念或一种愤怒恐怕是出自真心的。因为我无论如何都不能设想无谓地剥夺无关之人生命这一残忍行径原本是这些人所希求的。尽管如此，关于自己在人生某一节点抛弃现世而向奥姆真理教寻觅精神理想国这一行为本身，看上去却似乎没有实质性反省和后悔。至少在我眼里是这样。

作为一个表现，当法庭要求他们就奥姆真理教的细部加以解释时，他们屡屡采用“这是一般人士所难以理解的”这一表达方式。每次听那样的陈述，我都不能不从其中独特的声调中得到这样的印象——说千道万，这些人至今仍持续怀有自己处于比“一般人士”高的精神层面这一精英意识。“我们确实犯了罪，对此由衷感到歉疚。我们错了。但归根结底，那是欺骗我们、下达一系列错误命令的那个麻原彰晃不好。如果那个人不丧心病狂，我们理应现在仍然平和安稳地进行正确的宗教性追求，不至于给任何人添麻烦”——我感觉他们（虽然没有明确出声，而是作为言外之意）想要这样讲述。换言之，“出来的结果的确不好，对此表示反省。但奥姆真理教这一存在的方向性本身并没有错，不认为对那一部分也应一概否定”。

这种对于“作为方向性的正确性”毫不动摇的信念，不仅仅这次采访的一般奥姆真理教信徒，而且现今已不再是信徒并对教团采取批判性立场的原信徒当中甚至也可时常找见。我问他们每个人：“你为曾经加入奥姆真理教后悔吗？”问他们作为出家信徒脱离现实世界的那几年“没有白费吗”？他们几乎所有人都异口同声回答：“不，不后悔。不认为那段岁月白费。”那是为什么呢？答案很简单：因为那里确实存在现世中基本不可能得到的纯粹的价值。因为纵使作为结果转换成了噩梦性质的东西，其光照辉煌而温暖的初期记忆至今仍鲜明留在他们身上，而那是不可能用什么其他东西简单取代的。

这就是说，在某种意义上，对于他们而言，不妨说奥姆真理教那一存在状态至今仍“处于通电状态”。关于如今它在结构上已是危险体制这一事实，即使他们也能够认识，也知道自己在其中穿行的岁月包含许多矛盾和缺陷。在我看来，他们重返那一容器的可能性几乎为零。尽管如此，奥姆真理教这一理念仍多多少少作为流淌血液的原理在他们胸中发挥作用。同时作为带有具体情景的理想国、作为光照的记忆或作为烙印而仍在呼吸——我得到了这样的印象。假如有与此相似的发光的什么再次倏然出现在眼前（那可能是宗教，也可能是宗教以外的东西），那么，他们当中说不定有人不由自主地被其吸引过去。在这个意义上，不妨说，对于我们的社会，当今最危险的，较之奥姆真理教本身，可能更是“奥姆性质的东西”。

地铁沙林事件发生后世间视听集中转向奥姆真理教的时候，时常听得这样的疑问之声：“为什么受过高等教育的如此精英会参加莫名其妙的危险的新兴宗教？”的确，奥姆真理教团的干部中，具有响当当学历的精英分子齐刷刷成排成列（尽管多少有虚张声势的意味），世人得知为之目瞪口呆也不无道理。而我觉得有一件事好像没有得到认真对待，那就是：那些精英分子之所以轻易抛弃唾手可得的社会地位而投奔新兴宗教，会不会是因为现代日本教育体制存在某种致命性缺陷？

然而，在我连续采访奥姆信徒、原信徒的过程中，我强烈感觉到的是：那些人并非处于“尽管身为精英”这一语境中，恰恰相反，恐怕正因为身为精英才一下子跑去那边的。

比喻未免唐突，现代社会中的奥姆真理教这一存在或者同战前的“满州国”相似亦未可知。一九三一年“伪满州国”建国时，与此完全相同的朝气蓬勃的年轻技术官僚和专业技术人员、学者们舍下在日本唾手可得的地位，而去大陆寻求充满新的可能性的大地。他们中的大多数年轻气盛、拥有野心勃勃的蓝图，拥有高学历和出众的才华。但是，只要身在日本这一具有强制性结构的国家内侧，有效释放其能量就似乎是不可能的。唯其如此，他们才不惜从社会正轨一度滑落而去寻求可以通融的、实验性新天地。在这个意义上——仅就其本身而言——他们的意志是纯粹的，也是理想主义的。不仅如此，还有像样的“大义”包含其中。同时怀有“自己行走的是正确道路”这一明确的自信。

问题是那里有重大的什么失落了。如今明白了，那个什么就是“正确的立体性的历史认识”。以具体层面来说，那里缺少的是“语言与行为的同一性”。什么“五族协和”、什么“八纮一宇[①]”，单

---

① 八纮一宇：第二次世界大战期间日本为鼓吹和美化对外侵略战争提出的口号，意为“以世界为一家”。“八纮”，八方极远的地方。语出《后汉书·冯衍传》：“上陇坂，陟高冈，游精宇宙，流目八纮”。

单是这类漂亮好听的字眼自行昂首阔步，而其背后由血腥的现实填补着无可避免产生的道义性空白，从而使得野心勃勃的技术官僚们身不由己地被吞没在剧烈的历史漩涡中。

就奥姆真理教而言，由于是同时代发生的事件，故而此刻在这里就那个什么的内容下定义还是有难度的。但广义说来，我认为同能够就“伪满州国”式状况所表述的大体相同的情形在奥姆真理教事件上也应该能够适用。那里存在的是“宏大世界观的阙如”和从中派生的“语言与行为的乖离”。

众多理科出身、技术出身的精英们抛弃现世利益而投奔奥姆真理教的理由想必五花八门。但他们共同怀有的意愿，是想把掌握的专业技术和知识用于更加深有意义的目的。对于自己那种资质和努力在大资本和社会体制等非人性、功利性制粉机（mill）中被无谓地切割消耗，他们不能不怀有深刻的疑问。

在地铁千代田线施洒沙林致使两名营团[①]地铁职员死亡的林郁夫显然是那一类型中的一员。周围人评价他是“关心患者的优秀外科医生”，但恐怕正因如此他才开始对充满种种样样矛盾和缺陷的现行医疗制度渐渐怀有深刻的不信任感，结果被奥姆真理教提示的切实可行的精神世界（一尘不染的高度理想国）所强烈吸引。

他在其著作《奥姆与我》中这样记述了出家当时对教团怀有

① 营团：“经营财团”之略。由日本政府出资和监督的从事公共事业的特殊法人。

的印象：

“麻原在说法中讲了香巴拉化计划。即要建设‘忘忧树村’(lotus village)。那里有名为‘无影灯医院’(astral hospital) 的医院，还有名为真理学园的一贯制教育的学校（中略）。医疗将使用来自麻原冥想的异次元 (astral) 和过去活生生记忆中的所谓 astral 医学，根据病人的 karma（业障）和能量状态而将死和转生纳入考虑（中略）。我将在绿色多多的大自然中点点分布的建筑群中专心致力于医疗和教育那种当时梦想中的医院和学校景象同‘忘忧树村’相互重合起来。”

他投身于这样的理想国，不为现世污染，坚持严格的修行。同时进行自己彻底认可的医疗实践，梦想使更多的患者获得幸福。当然承认其动机是纯粹的，也承认他在这里讲述的蓝图足够美丽壮观。可是这种天真的言说同现实的乖离是何等严重！这点后退一步想一想就再清楚不过。在我们眼里，简直像是一幅缺乏远近感的匪夷所思的风景画。可是，纵使当时我们是林医师的私人朋友，向考虑出家时的他有效证明那种乖离性也无疑是非常困难的作业（即使今天恐怕也实在是很难的）。

不过说实话，我们要向林医师讲述的，本应是十分简单的事。其一，“现实本来就是含带混乱和矛盾并因之成立的东西。倘若排除混乱和矛盾，现实也就无从谈起”。其二，“即使以为已经按照看上去似乎整合完备的语言和逻辑而顺利排除了一部分现实，被排除的现实也必定埋伏在某处向你复仇”。

可问题是，林医师大概不会因这样的劝说而心悦诚服的。想必他要编排专业术语和常规化逻辑尖锐地加以反驳，滔滔不绝地强调自己要走的道路何等正确和美妙。而我们可能不具有足以跨越其逻辑的有效的劝说语言。其结果，或者在某一地点缄口不语亦未可知。诚然遗憾，但缺乏现实性的语言和逻辑往往比含带现实性（因而必须像拖重石块一样——拖着夹杂物行动）的语言和逻辑具有更强大的力量。我们难免在未能理解对方语言的情况下各奔东西。

林郁夫手记的许多部分使得我们停下来陷入沉思。“此人何苦去这样的地方呢”这一朴素的疑问和“可我们怕是无计可施的吧”这种无奈感在我们心中同时涌起。那让我们的心情变得分外悲凉。最为变幻无常的，或许是本应对“功利性社会”持批判态度的人却不妨说是以“逻辑的功利性”为武器毁掉了许多人。世间流行的“新纪元”言说之所以屡屡让我们不寒而栗，不是因为它“超现实”，而归终不过是因为现实的浅薄的戏谑化罢了。

可是，又有谁在考虑“自己是个无所谓的人，所以即使在社会体制的齿轮中被切削死掉也没什么关系”呢？或多或少，我们所有人都想亲手确认——如果可能——自己在这个世界上如此活着的意义和不久死亡消失的意义。自不待言，真诚寻求那种答案这一行为本身并没有遭受指责的原由。尽管如此，致命的“纽扣系错”仍在哪里开始了。现实之相开始一点点扭曲。蓦然回神，本应约定好的场所早已变成了并非自己追寻的场所。一如马克·斯特兰德的诗所说的，“山峦再也不是山，太阳再也不是太阳”。

即使为了不再出现第二个、第三个林郁夫，也要就我们的社会使得一系列奥姆真理教事件以悲剧形式呈现出来这样的问题再次从根上加以思考。世上许多人看上去似乎将一系列奥姆真理教事件作为“已然过往的东西”加以处理。认为那固然是一起重大事件，但犯人也几乎全部逮捕了，已经告一段落，跟自己没什么关系了。但是，向偏执性宗教寻求意义之人的大半并非不正常的人。既不是穷困潦倒的人，又不是离奇古怪的人。他们是生活在你我身边普通（或者换个看法，是普通以上）的人们。

或许他们考虑问题考虑得有点儿过于认真了，或许心灵多少有过创伤，或许因为无法同周围人息息相通而多少感到烦恼，也可能因为找不到自我表述的手段而在自尊与自卑之间急剧徘徊。那或许是我，或许是你。把我们的日常生活同含有危险性的偏执性宗教隔开的那堵墙，说不定比我们想像的单薄得多。

（此文是以就林郁夫氏所著《奥姆与我》在《书话》九八年十月号发表的文章为基础撰写的）

图书在版编目(CIP)数据

在约定的场所 地下2/(日)村上春树著;林少华译.
—上海:上海译文出版社,2012.4(2018.12重印)
ISBN 978-7-5327-5791-6

Ⅰ.①在… Ⅱ.①村… ②林… Ⅲ.①纪实文学—日本—现代 Ⅳ.①I313.55

中国版本图书馆CIP数据核字(2012)第068845号

在约定的场所 地下2
[日]村上春树 著 林少华 译
责任编辑/姚东敏 装帧设计/张志全

上海译文出版社有限公司出版、发行
网址:www.yiwen.com.cn
200001 上海福建中路193号 www.ewen.co
上海市崇明县裕安印刷厂印刷

开本 890×1240 1/32 印张 7.5 插页 2 字数 115,000
2012年4月第1版 2018年12月第5次印刷
印数:26,001—28,000册

ISBN 978-7-5327-5791-6/I·3430
定价:35.00元